L'Accusation

DU MÊME AUTEUR

La Ville et la Mer, Gallimard, 1965.
La Reine, Gallimard, 1968.
La Maladie, Gallimard, 1977.
La Fille du roi crapaud, Gallimard, 1988.
Doubles Vies, Gallimard, 2001.
Contexte : Matériaux, José Corti, 2003.
Le Destitué, Motifs n° 305, 2008.

Birgitta Trotzig

L'Accusation

roman

Traduit du suédois
par Monique d'Argentré

Préface de
Pierre Emmanuel
de l'Académie française

motifs

Collection Motifs

MOTIFS n° 304

Illustration de couverture : © Karen Petrossian,
Olivier Mazaud, Bernard Perchey

Titre original : *Sveket*

N° ISBN : 978 2 268 06451 2

À PROPOS DE L'AUTEUR

Birgitta Trotzig, née à Göteborg en 1929, descend par sa mère d'une longue lignée de pasteurs luthériens. Elle s'intéresse très tôt à la littérature et devient critique littéraire. Après son mariage avec le peintre Ulf Trotzig, elle retourne à Göteborg. Son premier livre, *La Vie des amantes*, paraît en 1951. Birgitta Trotzig est aujourd'hui considérée comme l'un des meilleurs écrivains suédois. Elle a obtenu en 1967 le Grand Prix du Roman suédois et est membre de l'Académie suédoise depuis 1993.

Préface

« Non, on n'entre pas tout vif dans le rêve d'un autre », quand ce rêve est celui des personnages de Birgitta Trotzig. Leur vie se passe en des régions qui leur restent presque toujours étrangères, et l'obscur mouvement de leur être pour s'en rapprocher, c'est-à-dire s'approcher de soi, n'est qu'une longue et confuse expérience de la douleur, qui ne s'achève qu'avec leur vie, et dont le déchiffrement s'opère au-delà ou en deçà de la conscience, au-delà ou en deçà des mots. Le dialogue, toujours rare dans cette œuvre, tend à disparaître à mesure que l'artiste s'enfonce davantage dans son univers ; dans L'Accusation, *le soliloque même se défait, et ce n'est qu'à la dernière ligne, au fond de la solitude où il se survit, que Tobit trouve le mot de*

l'énigme qui l'a mené là. « Dieu, disait-il – Dieu des très-bas. »

Si les héros de Birgitta Trotzig n'ont guère de mots à leur disposition, ce n'est pas seulement parce que la plupart sont en apparence des êtres frustes, ou trop broyés par la vie pour la penser. Tout l'art de la romancière n'est-il pas de les montrer dans leur richesse trouble et touffue, d'enfoncer le lecteur à sa suite dans la vie complexe des instincts et des interdits, des pressentiments lumineux ou sombres, des obsessions, des effondrements intérieurs, des émotions brutalement inversées, qui constitue l'épaisseur vraie de ses personnages, leur chair *où l'esprit se débat et se dirige en aveugle vers on ne sait quel accomplissement ? Ces êtres à la fois opaques et glissants, qui bougent en eux-mêmes selon une loi dont l'ignorance leur est souvent insupportable, ne pensent pas ou pensent à grand-peine, et leur pensée se dérobe à eux : mais non leurs sentiments ou plutôt leurs affects, dont la latence peut se muer en violence destructrice. « Il avait du mal à tirer au clair ce qu'il pensait, ce qu'il ressentait. Il lui était même difficile de vraiment ressentir quelque chose – du moins si l'on entend par là des sentiments nets, déterminés, particuliers ; ce qu'il ressentait était toujours lointain, profond, quasiment inaccessible, caché au fond d'une vague pénombre ondulante (un peu comme des intestins ou comme des matières fécales vivantes).»* Ce qui ne peut se dire est justement le plus proche, la douleur la plus intime : la révélation de soi.

Il faut donc prévenir le lecteur éventuel que l'effort de lire de telles œuvres n'est pas sans danger. Car on ne peut s'engager à demi dans l'existence des êtres qui y vivent, et s'y engager est souvent perdre pied. Accepter de perdre pied, c'est se défaire de tout moyen de comprendre du dehors, et en premier lieu de cette traditionnelle « mécanique » de l'âme, qu'une bonne partie du roman moderne a compliquée sans l'approfondir. (On voit mal d'ailleurs quelle grille de la critique pourrait s'appliquer de manière satisfaisante à ces romans : la pire serait la grille psychanalytique.) Nous sommes ici dans l'incommunicable, dans l'impénétrable – aussi longtemps que nous essayons de nous saisir de cette réalité autrement qu'en la prenant sur nous. Cette réalité est la condition humaine dans son fond, l'insécurité radicale de l'être une fois né et qui pourtant n'est pas encore né. Malgré le réalisme presque envoûtant de l'auteur, l'événement extérieur, si déterminant soit-il, n'a d'importance que parce qu'il scelle ou confirme la prédestination propre à celui qui le vit. « Puissance énorme, cruelle, incompréhensible », formidable logique cachée, cette prédestination fait le fond (ou est l'abîme) de la pauvre histoire des héros de Birgitta Trotzig : elle est leur sort, que le roman mène rigoureusement à son terme. Pour cette descendante catholique d'une longue lignée luthérienne, la grâce prend souvent l'aspect et le rythme de la fatalité.

Rien d'étonnant qu'un univers ainsi régi soit peuplé essentiellement de pauvres. Socialement misérables ou non, tous sont marqués par un échec fondamental : ils sont pauvres au sens ontologique, nus, désemparés, devant cette chose si lourde, identique au fait même d'exister, à cette entreprise dont chacun, à un moment capital de sa vie, reconnaît, est conduit à reconnaître, qu'elle est au-dessus de ses forces ou de sa volonté. Cette chose commence par une question qui croît dans l'être et y prend toute la place, à la manière d'un fœtus ; « Une question étonnée et silencieuse..., une question comme celle qui se pose devant une offense trop grave et trop destructive pour pouvoir être comprise. » Un jour, brusquement, comme si toutes les défenses intimes se rompaient, la ques-

tion devient sa propre réponse : Coupable. « *C'était aussi simple et inévitable que d'être dans sa propre peau : sa faute.* » *L'homme se trouve en face de soi, ou de ce qu'il aime le plus au monde et qui est davantage lui-même que soi, comme devant un accusateur.* « *Il comprenait et sentait de toute la force de sa vie, celle qu'il avait vécue et celle qu'il n'avait pas vécue, la part retranchée qui gémissait – que la vie consiste à vivre avec un accusateur. Pas autre chose. C'était tout.* »

Toute vie est ainsi divisée contre elle-même : et non seulement entre ce qui fut et ce qui ne vient pas à l'être, mais entre ce qui fut forcé et ce qui fut supprimé, le désespoir étant justement cette part volontairement supprimée de la vie, cette chose « *retranchée avec soin au plus profond de (l')* *être* ». *Qui accuse ? Qui est l'autre en nous ? Quel est cet autre plus proche que nous-même, dont l'être s'identifie à la part du nôtre que nous avons élaguée, coupée, refusée ? On pourrait croire, à première vue, que les personnages de Birgitta Trotzig sont divisés en deux groupes, ceux qui refusent et ceux qui subissent le refus, ceux qui ont peur de l'amour et ceux dont l'amour se voit rejeté, en un mot les coupables d'une part, les victimes de l'autre. Mais même les innocents* sont coupables, eux aussi, ou ils se sentent tels, ne serait-ce que du refus qu'on leur oppose. Cette conscience de la culpabilité essentielle est le premier moment, le moment négatif, de la rencontre avec Dieu. Et cela surtout chez les êtres qui, de crainte d'être anéantis par leur amour, l'ont repoussé, défiguré, transformé par une incompréhensible mutation en objet de dégoût et de haine. « Mon amour était condamné à être étouffé en moi et à devenir une angoisse atroce, tout comme j'étais moi-même condamné à devenir une bête répugnante : devait-il trouver ainsi son achèvement ? Que savons-nous de l'achèvement ? Que savons-nous des ténèbres ? »

Ce que nous savons, c'est que l'amour est la mort. Il l'est aussi bien pour qui le donne que pour qui le refuse. Au plus haut degré de l'amour humain, « la seule chose qui (puisse) arriver (est) la chute, l'effondrement – la séparation et la mort ». Tous les personnages de Birgitta Trotzig finissent par ne plus pouvoir vivre, et par mourir d'amour. Vivre, c'est éviter la chute infinie, demeurer maître de soi, rester cette « personne qui-a-l'intention », cette « personne savoir-et-vouloir » qui n'est que la larve d'une autre, ignorée, redoutée, désirée. Voici comment l'un des personnages *rejoints par l'amour flaire le danger : « Il sentait l'odeur de l'eau. L'odeur de mort venait de la mer. Quelle était cette puissance acharnée à le désintégrer, à le réduire à sa merci... il se voyait réduit à l'état de brisure, de chrysalide éclatée... Il sentait l'imminence du péril. L'anéantissement le serrait de près, toutes les membranes de son être frôlaient déjà la mort, étaient déjà pénétrées d'une délicieuse envie de mourir. » C'est que, sans doute, « s'ils se rencontraient réellement (l'ordre rompu, la loi réduite en cendres) – ... s'ils se rencontraient réellement les êtres humains seraient condamnés à prendre feu, à se consumer en un instant ».*

De toute manière, quoi qu'ils fassent, les hommes ne peuvent échapper à cet amour. Il s'appelle : la colère de Dieu. Ou encore : la volonté de Dieu. On encore : l'âme de Dieu. Au bout du désespoir, « on se retrouve soudain chez Dieu ». Mais il faut atteindre cette extrémité : et tout est bon, même le refus, même la douleur infligée et soufferte, même la mort, tout est bon qui conduit à cette extrémité. Là cesse le pouvoir de la loi et commence la foi nue. « Et il comprit ceci : qu'il fût pur ou impur n'avait rien à voir avec Dieu. Dieu était bien au-dessus de toutes ces choses, au-dessus des vivants et des morts. » Celui qui parvient à cette ultime révélation pénètre du même coup dans le silence : il fait partie « de l'inexplicable, d'un domaine où l'on peut seulement pénétrer pour mourir ». Comme Tobit, le héros de L'Accusation, *il n'a « plus d'autre pain quotidien que ce qui ne peut être pénétré ». Là seulement, la question reçoit sa réponse définitive, qui est l'ombre même de la Croix. C'est alors que celui qui a si longtemps cheminé et souffert voit qu'il n'a en réalité pas bougé, qu'il est resté toujours le même à la même place, et que c'est Dieu qui est venu jusqu'à lui à travers toute sa vie. L'avers de toute douleur humaine, fût-ce la plus désespérée, est une lumière qui ne peut se frayer chemin jusqu'aux hommes qu'en leur brisant le cœur, Birgitta Trotzig l'exprime avec des accents qui rappellent Simone Weil :*

« Nous sommes faits de ténèbres, lui de lumière, et son chemin vers nous sera pour nous ténèbres.

« Car nos yeux malades et vils sont bien incapables de soutenir tout à coup le regard de celui qui est la lumière immortelle.

« Aussi nous semble-t-il que nous allons vers lui, que nous parcourons un long chemin dans les ténèbres, un chemin parsemé d'éclats coupants.

« Mais, en réalité, c'est lui qui est en route vers nous – il se fraie un chemin en nous, il perce notre impénétrabilité, il la brise et nous la laisse en éclats. Et il nous semble être déchirés quand, en fait, nous sommes libérés morceau par morceau. »

*Tel est, résumé à gros traits, l'*esprit *de l'œuvre. Mais cet esprit est inséparable de sa* chair, *qui est le réalisme poétique de l'auteur. De même que les personnages se refusent à l'analyse et ne peuvent être perçus que dans le mouvement psychique, voire viscéral, de leur existence qui les pétrit non sous nos yeux mais en quelque sorte en nous, ils sont inséparables de la nature qui les entoure et constitue un prolongement symbolique de leur âme, l'une et l'autre soumises aux mêmes variations. Rien ne peut être dit du fond ténébreux, sinon par la médiation de la nature. L'incommunicabilité cesse dès que le paysage joue son rôle de projection sensible des états muets. Birgitta Trotzig reste ainsi fidèle à une tradition du roman et du cinéma nordique, tradition dont on pourrait croire qu'elle compense par le recours au paysage le mutisme des âmes incarcérées. Au vrai, il s'agit moins de compensation que de complémentarité, ce silence naturel aux êtres et cette* *force expressive de la nature n'étant qu'un même phénomène sous deux aspects.*

Presque partout chez la romancière suédoise, sauf par endroits dans La Ville et la Mer, *l'espace de référence, le lieu de l'action intérieure, est la Baltique et la lande, la mer contiguë, impénétrable, pénétrant la terre de ses brouillards et de son sel. Espace plat, réduit à l'indispensable, que le ciel immense, mais comme écrasé par l'horizontalité du sol, oppresse encore au lieu de le délivrer. Une diversité d'odeurs s'en dégage, traduisant l'âme de la terre et celle de ses habitants, selon tout un jeu de correspondances entre les sites et les événements affectifs. Ces derniers, qui connaissent des rythmes analogues à ceux des saisons, sont déterminés davantage encore par ces rythmes plus fondamentaux préparant ou accompagnant les changements décisifs de l'être – désir, maladie, désespoir, folie –, mais surtout la naissance et la mort. Changements qui ne sont eux-mêmes que des modes, le plus souvent ambigus et pleins d'angoisse, d'un combat incompréhensible, incessant, sur lequel porte l'interrogation capitale : « Comment l'amour peut-il être identique à la mort ? »*

Le système de correspondances entre la nature et l'âme profonde, dont joue merveilleusement

Birgitta Trotzig, est trop multiforme et trop nuancé pour être étudié ici. Tout au plus pourrait-on suggérer, comme une approximation très grossière, dans le parallélisme et l'opposition des images se rapportant à la lande et à la mer, une séparation entre deux ordres, l'un immanent, l'autre transcendant, ce monde-ci et l'au-delà de ce monde, fermés l'un à l'autre, contigus. D'une part, « la pleine mer formidable qui s'ouvre au sud-est, le ciel d'été là-dessus, et le long cri grêle et strident du pluvier qui transperce ciel et mer comme s'il existait quelque chose de l'autre côté, quelque chose d'inimaginable, une douleur vivante et délicieuse » ; d'autre part la rive avec sa vie secrète, où le soleil miroite dans le regard « comme un reflet de lumière traverse l'eau brune et fangeuse, sans profondeur, entre les touffes de roseaux du rivage, comme la lumière vide et chaude qui flotte toute seule par taches dans l'eau vaseuse et féconde, à peine salée, pleine de bestioles aquatiques et de sable remué ».

Ainsi le monde existe-t-il avec *les hommes, ou plutôt les hommes* en *lui. Ce monde qui croît et se fane, « sans retour », les prend dans son mouvement comme ils l'accordent eux-mêmes au leur en s'intégrant à lui. À proprement parler, rien ne se passe en dehors de la totalité d'intention que forment le monde, les vivants et les morts : il n'y a pas de réalité « extérieure », le transcendant étant ce qui est trop proche pour les mots. « Ils croissaient en Dieu comme dans la terre. Dans la sombre terre. » L'extrême solitude des êtres, paradoxalement, est liée à leur solidarité en profondeur. Chacun, à sa façon, est bouc émissaire pour tous, destin unique dans une communauté mystérieuse. De là vient que les romans de Birgitta Trotzig ressemblent à des rêves dont les événements « extérieurs » tiendraient lieu de repères plutôt incertains, à la surface d'une mouvante épaisseur.* Faire partie de l'inexplicable *est le lot commun de tous les personnages, pris ensemble, et chacun pourtant seul, dans une histoire qu'ils ne peuvent davantage saisir qu'ils ne peuvent, en elle, se saisir et communiquer entre eux. Au sein de ce grand rêve continu, des songes viennent parfois leur dévoiler, en un symbole prémonitoire, de nouvelles et redoutables profondeurs sur lesquelles leur destin va s'ouvrir. De sorte que nul ne sait qui il est au fond, non plus que la véritable histoire qu'il vit, le lieu où réellement tout se passe. Et chacun pourrait appliquer à lui-même la question de l'un d'entre eux : « Mais quelle était, en vérité, sa vraie patrie ? Dans quel royaume séjournait-il, en vérité,* en vérité ? »

Pierre EMMANUEL

ON DISAIT de Tobit, le fils d'un petit cultivateur de Tosteberga, qu'il avait une tête d'assassin, d'homme qui tue, – ou qui se tue, c'est tout comme ; il avait les sourcils en barre sombre, l'air à la fois menaçant et malheureux. De toute façon, c'était un homme qui vivait avec un accusateur. Voilà de quoi il en retournait :

Son bien était un lieu sombre. Une toute petite ferme sans soleil, tapie sous de hauts ormes hirsutes, à touche-touche, derrière la maison le jardin ne faisait qu'un avec une humide aulnaie. En bas, le ruisseau. La maison était grise, les fenêtres reflétaient parfois la fuite d'un nuage. Les rideaux de l'entrée avaient l'air de toiles d'araignée. Ses parents avaient passé pour des gens singuliers – à part, et comme réduits au silence. Ils étaient déjà vieux quand il se mit à être. Durant bien des années ils avaient attendu de leur sein un signe de vie – de vie enfin commençante. Des ans et des ans. Ils avaient attendu, attendu. – Et voilà qu'un jour elle se sent toute chose, elle, la femme. Suant froid, et mal au cœur. Elle se croyait malade, elle avait déjà atteint l'âge où une femme ne veut pas entendre trop parler de maladies du bas-ventre, de grosseurs. La voilà couchée, les yeux clos, faisant celle qui dort, tant qu'elle peut, pour que l'homme ne se doute de rien – mais l'effroi se resserrait en elle comme une vis, comme un étau. Au plus fort du matin froid et rouge, par la fenêtre de l'est (c'était l'automne, la froide lumière passait par les grands aulnes peu à peu défeuillés), pour se lever – c'était presque insurmontable. Elle se force. Mais une fois dans la cuisine, la voilà qui s'affaisse contre la table – l'homme était à l'étable depuis une couple d'heures déjà, elle en était là. Nausées qui montent, mâchoires crispées, de la salive plein la bouche, le vertige qui va et vient comme une houle. Là-bas, entre les troncs et les branches des aulnes, le soleil levant faisait apparaître un rai de mer – immobile, luisant, mort. Un frisson parcourut tous ses membres : d'une façon ou de l'autre elle était arrivée à une fin.

C'étaient deux êtres qui ne se parlaient guère. Elle se pelotonnait autour de sa crainte comme autour d'un abcès lancinant. Il lui fallut des mois pour se rendre compte que ce n'était pas sa perte mais la vie qui la mangeait. Mais quelque chose en elle s'était déjà décidé et n'arrivait pas à se retourner, il se fit en elle un combat, violent, par grandes vagues d'effroi roide, contre ce corps qui voulait la vie et qui croissait, amolli, élargi, odorant. – Et un jour l'homme la regarda, tressaillit, regarda encore : il vit, il s'aperçut. Leurs regards se rencontrèrent. La nuque raide, elle soutint le regard de l'homme. Mais elle ne trouvait pas les mots, et lui, il avait beau faire, ses lèvres restèrent scellées. Enfin, après une éternelle minute, ce qui aurait dû être mis en mots éclata en sanglots. L'homme prit alors les mains de sa femme. Il était laid, il avait près de cinquante ans, ses cheveux en sombre broussaille (jeune il avait eu une épaisse chevelure de jais) laissaient transparaître, en pointes blêmes, la peau du front luisant. Ses mains étaient de vilaines grosses mains pâles, aux articulations noueuses et bleuies, aux ongles cassés, couleur de crasse. Sa femme avait quarante ans passés. Elle sanglotait par saccades, comme un arbre pris dans la bourrasque, la bouche tordue mais les yeux secs ; elle n'arrivait pas à faire sortir les larmes étranglées, étouffées tout au fond d'elle-même.

Et elle ne pouvait attendre son enfant que comme une attente de la mort.

Un jour d'automne, Tobit avait alors un peu plus de trente ans (ses parents vivaient encore), il rencontra une fille en chemin. Lui, il marchait très droit et quoiqu'il fût de petite taille son allure était empreinte d'une telle dignité – un rien ridicule – qu'il paraissait beaucoup plus grand, plus lourd qu'il ne l'était – en réalité ses hanches étaient étroites et frêles comme celles d'un enfant : il était noir de barbe et de cheveux, avec des yeux bleus. Elle était un peu plus grande mais voûtée, et comme flottante, pâle avec des yeux gris dans des orbites ombrées de fatigue. Il savait qui c'était : elle était de ces gens d'en bas, de la maison borgne près de la gare, une grande bâtisse délabrée, une sorte d'entrepôt derrière la voie ferrée où des individus sans feu ni lieu trouvaient refuge, et souvent même un dernier havre – des gens de toutes sortes, parfois des travailleurs saisonniers venus de l'étranger, mais surtout des embauchés à la petite semaine sans nom bien déterminé, inscrits nulle part. Un ramassis de louches personnages apparentés Dieu sait comment : pour le reste du pays ces gens-là représentaient tout ce dont il faut se méfier, le terrain n'est pas sûr – se dérobe – plus rien. Et la fille rencontrée par Tobit avait ce qu'ont ces gens-là, ce qui leur vient à force de vivre – cette tristesse du regard fixe qui soudain glisse et flotte dans le vague. À part cela elle aurait peut-être pu être belle à sa façon si elle s'était redressée, tête haute, si ses membres avaient eu l'occasion de dire qu'elle *était quelqu'un*. En fait son corps était long, svelte et souple ; on pouvait penser que ces yeux s'allumeraient, que le moindre soupçon de rougeur eût rendu visible la molle douceur de ce long visage. Mais telle qu'elle était là, tel que tout était – elle n'était qu'un être qui n'a l'air de personne, une crainte qui a pris corps, pâle, gauchie, vite à l'écart, repliée sur son sentiment de rien, de valeur nulle, cette crainte enfoncée en elle à force de coups et de quolibets dès son premier regard ouvert sur le monde ; ce qu'elle y avait rencontré avait dû lui ôter toute envie de recommencer.

Mais belle ou point.

Belle ou point, quelque chose en lui fit qu'il posa sur elle son regard, tant et si bien qu'elle ne put s'empêcher de le regarder tout droit, et il tenait son regard, il le tenait ferme, longuement, tandis qu'ils se croisaient, ce qui prit une éternité.

Il la vit s'empourprer lentement. Un tressaillement passa sur sa bouche vague et pourtant fine en vérité – souriait-elle ? On aurait plutôt dit qu'elle allait pleurer, à bout de nerfs. Enfin ils étaient passés. C'était un jour gris d'automne, après la tempête. Des nuages couraient. Tout sentait la vase. Le chemin était encaissé entre de hauts remblais de fossé hérissés de chardons morts – des haies à hauteur de ceinture, rien qu'en chardons gris, desséchés. Le chemin était sombre, plein de flaques en miroirs où couraient des nuages. Une odeur d'écume de mer, de varech rejeté à la côte vous passait le long des joues, l'air automnal était plein d'un grand bruit de houle.

Là-dessus plusieurs mois passèrent. C'était l'hiver. L'hiver était même fort avancé : février. Un matin il alla chez le marchand. La boutique était pleine de monde qui piétinait la gadoue brune et fondante du plancher. La blancheur éblouissante de l'hiver régnait au-dehors, mais dans la boutique on ne voyait que par une demi-fenêtre, tout en haut, l'immensité de neige et de clair soleil. Les autres fenêtres étaient obstruées par des rayonnages et la lampe au-dessus du comptoir était allumée, les visages flottaient, huileux, dans la grasse et vague lumière. On ne causait guère : une vague de mots partait parfois du comptoir, s'étalait et mourait en raclements de gorges et de pieds, en crachats au jus de chique. Ces chalands ordinaires, bien connus, qui attendaient leur tour, lui firent soudain l'effet d'une foule énorme, d'une mer de sombres dos implacables – pressée dans un coin, très loin, entre ces dos, elle était là. Son regard était depuis longtemps posé sur elle quand elle se sentit touchée. Elle tressaillit, et la gêne, encore une fois, la fit horriblement rougir. Mais cette fois-ci son regard ne se leva pas, elle s'obstina à regarder le plancher, tête basse, enveloppée presque tout entière dans un vieux châle grisâtre, usé, taché (qui avait bien l'air d'une simple couverture de cheval), comme dans un suaire. Elle se faisait toute petite dans son coin, comme si elle avait voulu disparaître entre les piles de bidons de pétrole, comme une ombre, comme un rat. Les marchandises qu'elle allait mettre dans son panier, il aurait voulu les manger dans le creux de sa main, de sa paume aux tendres plis humides – cela lui courut comme un frisson de la tête aux pieds : tendre et terrible mollesse, maladivement chaude et moite, mais d'où venait cette impression de maladie ? sans doute de ce reflet gris et luisant qu'elle avait, de cette moiteur, de cet air de fièvre (d'ailleurs il s'avéra plus tard qu'elle était réellement malade). Une brûlure le parcourut, un foyer ardent brusquement était mis à nu : soudain il avait trouvé sa place, voilà tout, rien ne pouvait plus l'arracher de là – la vie s'ouvrait devant lui, immense et mystérieuse, et dans cet étrange mystère il était chez lui. La solitude avait craqué comme une chrysalide et n'était plus. L'être étrange qui s'écrasait dans son coin, là-bas, peau chaude et pâle, malade, cet être vivait, effarouché, vivant : voilà la réalité, la réalité s'est mise à exister. – Mais il vit qu'il était encore seul à le savoir : car elle le regardait comme elle regardait tous ceux qui étaient là, ou plutôt elle regardait à côté de lui, preste, craintive, avec cette rougeur, cette gêne, ce regard coulant qui se dérobait – comme s'il avait été quelconque, un être parmi les autres.

Un certain temps passa encore. Le printemps s'annonçait. La neige fondait, le temps était pluvieux, gluant, il se sentait alourdi, vanné de corps et d'âme. Et rien du tout. Lourde, douloureuse, gluante solitude : de corps et d'âme. Mais les jours n'en finissaient pas de s'allonger, la lumière s'épurait de jour en jour, bleutée, naissante. On n'allumait plus la lampe qu'après souper. Un soir il vit la mer parfaitement limpide, comme un miroir. Tobit dit alors à sa mère qu'il allait faire un tour, descendre à la mer. Il passa sous les aulnes, franchit la barrière du ruisseau et les prés d'en bas qui menaient à la mer calme comme un miroir. C'était bien avant les passages d'oiseaux migrateurs – pas un bruit, sauf la mouette et le plongeon. Un grand miroir luisant. Longtemps il marcha le long du rivage.

Le lendemain le temps était gris, assez tiède. Il devait aller chez le marchand et au moulin. Après avoir fait ce qu'il avait à faire il laissa en plan le cheval et la charrette toute chargée dans la cour du marchand, à la barre. Il prit un chemin – un sentier derrière le moulin qui traversait le grand bosquet de bouleaux. Ce sentier aboutissait non loin de la gare (on le prenait pour couper court en y allant), tout juste derrière la maison borgne. C'était une espèce de vaste entrepôt, bâti autrefois pour servir de minoterie par un homme qui avait tout quitté pour l'Amérique, le bâtiment n'avait jamais servi : il y avait là de grandes salles – qu'on disait cloisonnées tant bien que mal à l'aide de planches, de carton, de vieilles couvertures. La maison avait l'air sinistre, plusieurs fenêtres étaient bouchées par des bouts de planches dont les fentes laissaient passer du papier journal et de la toile à sac. Derrière la maison croissait un épais fourré de sureaux, presque impénétrable en été – sur le devant il y avait une sorte de cour boueuse parsemée au petit bonheur de raclures d'assiettes, de pelures de pommes de terre, de casseroles émaillées mangées de rouille, de vieilles marmites au fond brûlé. Quelques poules picoraient çà et là. Il y régnait une odeur de pourriture. On ne voyait personne – il savait aussi que presque tous ceux qui, cette année, habitaient là étaient à leur travail. Pourtant il devait bien y avoir quelqu'un, il avait entendu un bébé pleurer. La porte s'ouvrit – une haute porte sans peinture, éraflée, toute griffonnée de mots et de dessins comme la porte des chiottes à l'école – et la fille qu'il cherchait sortit pour vider un seau à côté des marches. Tobit se mit à siffler doucement. Elle leva le regard avec ce même tressaillement de gêne sur le visage. Elle posa son seau et vint à lui. Dans un souffle, pour qu'on ne l'entendît pas de la maison – mais plus encore parce que la voix lui manquait tant battait et vibrait le sang dans son cœur, son gosier, ses lèvres –, il lui demanda de le suivre dans le bosquet, il avait quelque chose à lui dire. Encore une fois il vit la peur bouger, passer sur elle comme une bête invisible qui étire ses membres. Mais tout d'un coup, avant qu'il ait même pu lui tendre la main pour l'aider, la voilà qui escalade le mur – preste, muette, avec une souplesse qu'il était loin d'attendre d'elle. Il éprouvait une sorte de désarroi : le sol se dérobait déjà sous ses pieds – un étrange effroi bougeait tout au fond de lui, bien plus bas que l'impression d'être debout sur la terre ferme, bien en dessous de tout ce qui est visible, reconnaissable ; on aurait dit que la vie se retournait tout d'une pièce, méconnue, effrayante, méconnaissable, où était-il ?

Sous les bouleaux les feuilles d'antan mettaient encore des taches jaunes dans les brindilles d'airelles, entre les touffes d'herbe flétrie. Il ventait par petites bouffées grises et tièdes de crachin.

Elle était là, debout devant lui, tête basse. Il voulait lui parler. Mais rien à faire, ça ne sortait pas, c'était impossible. Elle était là devant lui et telle qu'elle était il la sentait, jusqu'aux moelles il sentait qu'elle était. Telle quelle. Non qu'il y eût en elle rien d'anormal, on ne pouvait pas mettre le doigt dessus, pour la raison non plus – ce qu'on disait d'elle n'était pas dans ce sens, elle devait savoir lire et écrire comme tout le monde. Mais quelque chose pourtant. Une ombre. Maintenant qu'il l'avait sous les yeux, tout près, il aurait pu toucher ce quelque chose comme une peau d'ombre immobile, molle, comme une pâleur assombrie ombrageant le fin ovale de ce visage amolli. Sans beauté. Et si près, si près que des frissons le parcouraient sans relâche, le sillonnaient comme le sable sous les vagues, et que faire de l'étroite cage lisse où se tordait le muscle de son cœur suffoquant ? Sans beauté, plutôt rebutante – pas assez comme les autres, certainement. Il la serrait de près, maintenant, il la voyait avec sa peau. Tout son corps voyait. Elle, ses membres, sa peau, ses yeux – car elle avait fini par relever son regard et il y avait là, de nouveau, cette surprise du beau regard enfantin, large et luisant, d'un gris foncé – soudainement éteint, disparu. Il voyait et percevait – par l'odeur aussi, âcre et douceâtre, humaine et drue, écœurante, l'odeur d'un être sans force propre, faible, brûlant et comme défait ou du moins désemparé, à la dérive. Et cette soudaine agilité, silencieuse comme la mort, qu'il devait y avoir là : bref éclair d'effroi : comme la présence cachée d'un autre être. Caché, réduit à néant, – mais présent dans le creux d'effroi qu'elle laissait, sa trace dans l'air. Elle avait beau faire, sous tous les angles, elle n'était jamais accomplie, elle-même : son dos était creux, elle n'avait jamais été, ne serait jamais d'une pièce. Et il l'affrontait saisi d'un effroi inconnu, incompréhensible, comme si le monde s'ouvrait sous lui, il était dans la crevasse qui bougeait d'un affreux mouvement encore à peine esquissé – il l'affrontait de tout près : elle, née et pas encore née, celle qu'elle était, celle qu'elle aurait pu être, tout en parcelles, en cassures, en artères débranchées, en cicatrices de mauvaise croissance – la peau et l'odeur appartenaient à l'une et à l'autre, et la raie d'un blanc jaune qui partageait ses cheveux, et ses orbites creusées d'ombres, ses longues joues, sa pâleur, tout était elle, ce qu'elle était et ce qu'elle n'était pas, enclos et tout tracé dans les frissons de sa peau chaude, et il sentait à présent que cette peau respirait à sa rencontre, en l'appelant – il essayait bien de parler, il avait quelque chose d'important à lui dire, il était bien venu envers et contre tout ce qu'il savait des règles et de l'ordre dans la vie, envers et contre tout ce qui avait été, il était venu pour lui parler mariage. Comme on se jette à la mer quand le bateau commence à sombrer rempli d'eau presque à ras bord, rien d'autre à faire. – Mais c'était pire que tout ce qu'il avait cru, cette rupture de tout son être qui le jetait hors de lui-même. Ses mains, faiblement, palpaient l'air, il ravalait sa salive – et les voilà soudain face à face, dans un silence serré, brûlant, immobile, presque sans un souffle, les mains enserrant la tête de l'autre, son crâne étroit, dur et fragile, les doigts creusant, creusant désespérément la masse de ses cheveux : il avait trouvé, il était arrivé là. Le fragile et dur fruit infrangible, inaccessible. Qu'on pouvait écraser mais non ouvrir, au grand jamais. Vivre et laisser vivre. Il était là. Tous ses sens se dilataient pour voir : elle. Et comme s'il eût été doué par là d'un regard qui voit ce dont il savait, en somme, bien peu de chose, il comprit et vit par tous ses sens et par sa peau qu'elle avait beaucoup trop subi. Les membres dont il percevait vaguement les mouvements (car il la serrait contre lui de plus en plus fort, sans vraiment s'en rendre compte, tout en bégayant, tout en chuchotant des choses ardentes, incohérentes, en face de ce visage apeuré, sans réponse), ces membres-là ne savaient que trop bien ce qu'ils avaient à faire, comment s'y prendre : l'espace d'un clin d'œil lui révélait tout un monde de choses terribles qui vous désagrègent, et voilà qu'il y entrait.

Et voilà qu'il y entrait, corps et âme. De toutes ses fibres, corps et âme, il percevait l'appel et le profond attouchement de l'autre, de cette force étrangère, impure et mystérieuse. La proposition de mariage, il est vrai, tourna court, n'aboutit pas, tout se passait autrement qu'il ne l'avait pensé, étrangement. Tout à coup elle tend l'oreille, un geste d'effroi, les lèvres encore luisantes et humides, et la voilà partie. Il la vit dévaler entre les arbres (toujours cette étrange et souple agilité dont, à la voir, on ne l'aurait pas crue capable). Elle l'avait planté là et il restait planté dans le vent humide qui soupirait à la cime des bouleaux, c'est tout. Avant cela il s'était dit que si tout allait bien on pourrait se revoir au bout d'une semaine, c'était ainsi, à son idée, qu'on faisait connaissance. Mais le cri qui montait en lui n'était pas de la sorte : c'était pire, pire que le désespoir du tout-petit qui veut sa mère. La soif convulsive, la bouche béante d'une terre morte de sécheresse au printemps. Et le lendemain il était de retour, on n'y pouvait rien, il ne se rappelait même pas quel prétexte il avait donné à ses parents, ou s'il était parti tout droit comme un aveugle, sans rien dire. Il était là, voilà tout – comme s'il attendait une sentence de mort ou son acquittement, rien d'autre.

Elle vint. C'était comme ça. Les êtres qui les habitaient tendaient l'un vers l'autre de toutes leurs forces. Mais cela se passait, pour ainsi dire, sous une grosse couche de peau douloureuse, dans une sorte de chrysalide. Les mots qu'il leur fallait ne venaient pas. Les gestes étaient désaccordés ; un regard tentait, cherchait, à l'instant même où l'autre se dérobait, à bout de forces. L'odeur et le goût restaient étrangers, âcres et froids. Et c'est ainsi que se fit dès ce second jour (comme en un dur effort désespéré pour approcher, plus près, plus près, et pas moyen, tous ces obstacles sans nom, secrets, lourds comme des pierres) ce qui n'aurait pas dû se faire, pas comme ça, pas avec elle. Cela se fit, et voilà tout, parmi les touffes d'airelle, dans la mouillure.

Mais cela n'aurait pas dû se faire – pas avec celle-là. Car il avait beau être fort ignorant de ces choses, il comprit tout de même que pour elle ce n'était pas la première fois, qu'elle était à cent lieues de sa première fois, obscurément, qu'elle en était éloignée à un point dont nul ne pouvait se faire une idée, toute une éternité s'était écoulée depuis – il y avait trop longtemps qu'elle avait appris à fermer les yeux, à séparer l'acte de la personne, à les séparer totalement, au point de ne jamais plus pouvoir les réunir, l'éternité s'étendait entre les deux... Mais lui ce qu'il voulait, ce qu'il cherchait, c'était elle, elle-même et rien d'autre. Et il regardait les yeux grands ouverts cette étrangeté qui lui montait au visage et qui l'envahissait, trait à trait, en longs frissons tremblants, ces paupières closes, cette bouche tressaillante, dure et fermée, ces yeux qui ne s'ouvraient pas ; le corps était complètement absorbé par lui-même, il avait appris à ignorer à qui appartenait l'outil, l'intrus. Et ses yeux à lui, grands ouverts, plongeaient droit dans tout cela (pour tout l'or du monde il aurait voulu pouvoir les fermer, pour tout l'or du monde il n'en avait pas la force, il était rivé) et la vie, d'instant en instant, la vie et la chaleur qui montait et se préparait semblaient vouloir le quitter, la vie allait se briser, s'écouler – pour tout l'or du monde il aurait voulu résister, retourner dans celui qu'il était encore quelques minutes auparavant. Mais il était livré à la chaleur des vagues, projeté de plus en plus haut, rien à faire, trop tard, beaucoup trop tard ; et son regard restait ouvert, rivé, et plus il succombait sous la dure contrainte, sous le pouvoir brûlant de l'aine, plus il sentait que son sexe à elle était aveugle, aveuglé, mutilé, incapable de jamais pouvoir le reconnaître, elle savait sa leçon, elle était dressée. Et le liquide de vie jaillit, forçant les muscles et la peau, s'épancha et se perdit dans une chaude solitude muette et close, confirmée. Il crut un long instant, paralysé, baignant dans l'épuisement, il crut un long instant aveugle que réellement il se mourait, oui, qu'il était déjà mort – suspendu immobile à la cime d'une vague en face de cet étrange visage tressaillant, aux yeux clos : étrangeté de l'autre. Voici sa vie. Ce visage impur et maladif, effacé, chaud et gris. Voici la solitude pour toute sa vie. C'était écrit.

Mais de la solitude jaillit un regard vers lui : Le même, celui de la veille, contemplé, puis éteint.

Le beau regard enfantin, gris foncé, luisant, le regardait tout droit et il sentit une main, d'un geste bref, toucher sa joue.

C'en était trop, nul ne peut tant recevoir : alors la vie se brise, tout au fond, se brise irréparablement et après... après, il ne faut plus qu'un souffle pour que l'âme soit là où elle languit d'être depuis toujours ; peut-être que le corps laissé pour compte continue à balbutier, autant expirer ce souffle car, après, rien ne vaut plus la peine, tout est brûlé, ravagé, consommé. Et ce fut fait en un clin d'œil. Le ravage du feu passa et disparut.

Mais le corps a la vie dure, la sève est volontaire, la vie est dure à mal comme des racines sous les cendres, dans une terre de cendre sous un sol brûlé. Et ses yeux à lui se fermèrent d'eux-mêmes, sa tête se laissa tomber sur la poitrine de l'autre, en s'y roulant. Un frisson passa, éclata en pleurs, en hoquets. Il sentit s'immobiliser les frêles mains chaudes, désemparées, qui un instant restèrent posées sans vie autour de sa tête avant de retomber.

Et le printemps passa sur eux. Le ciel se faisait plus haut, plus clair. Les prés bas bouillonnaient de cris d'oiseaux. Ils ne remarquaient rien des changements de l'année, ni de l'épanouissement de la lumière, ni du temps qui passait : hors des durs moments muets et brûlants de leurs rencontres, tout n'était que débris d'ombres. Leurs moments ensemble étaient toujours trop courts – ils avaient beau durer, leur durée était trop brève, comme si leur rencontre était nécessairement, essentiellement telle, mutilée, difforme, cause de mal aigu. Mais il est vrai qu'elle était toujours sur le qui-vive, prête à rentrer. Car elle était surveillée – en dehors de ses frères (dont l'un habitait encore la maison borgne, tandis que l'autre avait épousé une veuve qui avait une petite ferme) elle avait son père mal portant dont elle tenait le ménage, et par ailleurs son père avait trois enfants en bas âge qu'il avait faits coup sur coup à une femme qui un beau jour était partie sans jamais plus donner de ses nouvelles. Le plus petit n'avait alors que quelques mois. Maintenant il avait un an passé. La propre mère de la fille était morte tuberculeuse quand celle-ci n'avait guère que dix ans. Et le père, depuis que l'autre l'avait laissé tomber, couvait quelque chose, il toussait, il perdait ses forces. Il buvait ; il appelait l'eau-de-vie le Médicament, et certes c'était la seule chose qui pût éveiller un semblant de vie et de chaleur, pour un instant, dans son long corps décharné, ballottant, grelottant de fièvre tenace. Un instant son front et ses joues rougeoyaient alors, mais sous cette ardeur son long visage ovale (la fille que fréquentait Tobit ressemblait beaucoup à son père) restait de la même couleur de mort, grisâtre et moite de sueur avec de grands cernes d'ombre tout en creux autour des yeux mornes. Mais la rougeur de l'alcool, la vivacité de l'alcool ne faisaient pas long feu, l'homme restait là encore plus abandonné qu'avant, vidé, n'ayant plus que son mal et sa fièvre au corps. Les petits pleurnichaient, il leur allongeait des taloches au risque de choir de sa chaise – mais ils se défilaient, ils avaient l'endurance preste et pointue des souris. Il passait maintenant toutes ses journées couché ou affalé dans son lit à tiroir, de temps en temps il s'asseyait et prenait son Médicament, il lui était impossible de trouver le sommeil ou même le repos sans recourir à de fortes doses de Médicament. Vers le soir, ce que le Médicament lui apportait n'était plus la vie mais une sorte de promesse de la mort qui d'abord faisait peur mais ensuite lui octroyait un immense repos, un silence assourdi, déridé ; tout se rétrécissait pour l'envelopper au chaud, pour l'engourdir. Le Médicament le lestait, l'enfonçait, et son poids rendait insensible. À la fin il n'était plus capable de prononcer un seul mot, il bredouillait, crachotait des bulles de salive. Il n'était plus qu'une ombre obscure. Comme un corps en absence. Mais quelle que fût son absence quelque chose s'éveillait en lui dès qu'il s'agissait de la fille, de l'aînée. On aurait pu croire qu'il dormait tout de bon mais dès qu'elle faisait un pas vers la porte – sans bruit pourtant, et pieds nus – il tressaillait : Où que tu vas ? une brûlure, une douleur errante veillait en lui, beaucoup trop forte pour que le Médicament même pût l'endormir. C'était surtout depuis qu'il avait été abandonné sans retour par la mère des trois petits qu'il s'en prenait à sa fille, la moindre chose le rendait fou – mais depuis six mois son corps était presque à bout de forces, il n'inspirait plus guère la crainte. Mais on aurait dit que c'était là la dernière chose qui le tenait encore en vie et il restait assis dans son coin, ombre et noirceur, dans sa fièvre et dans son brouillard d'ivresse, à guetter le bruit de chacun de ses pas, de ses allées et venues. Rien qu'une ombre. Mais avec un regard soudain éveillé, affilé comme un couteau : Où as-tu été ? Où ça ? Qui c'est ? Et il pouvait se dresser menaçant devant elle, ouvrant, fermant les poings, titubant, tandis qu'à grand-peine il articulait : Qui... qui c'est ?

Le printemps montait. Clarté blanche, aiguë, du soleil sur le sable, la mer sans un glaçon. Cris, passages d'oiseaux. Odeur de sel, de lumière. Mais l'ombre restait tapie dans son coin. Il regardait ses mains, ses doigts, l'un après l'autre. Ç'avaient toujours été de belles et fortes mains, finement découpées, aux longs ongles étroits. Voici qu'il n'avait plus que des mains de squelette, rien que la peau sur les os. Comme la lumière était vive, et cette odeur de sel et de varech qui entrait par bouffées dès qu'on ouvrait la porte – et ce carré de forte lumière qui aussitôt formait un porche sur le plancher, où menait-il ? Il était assis à l'ombre de la mort. Son lit sentait mauvais, une vieille puanteur malsaine. Il sentait qu'il avait déjà une odeur de mort. Mais il n'avait plus la force de se laver, ni même celle de se lever. Les voix des enfants résonnaient au-dehors, dans la cour, dans le fourré, ils jouaient aux billes, à « saute-couteau ». Du fond de ses os, de son corps, il s'entendait dire : toi, tu ne passeras pas le printemps.

Il restait tapi là, ombre et noirceur, fade odeur de sueur malsaine. Sa poitrine sans force rendait un son fêlé et tout son corps en tressautait comme une poupée de chiffons. À part sa fille il ne voyait personne, et même ces poisons d'enfants se tenaient à distance. Ils s'échappaient de bonne heure, voltigeant comme trois oiseaux babillards. Toute la journée il entendait leurs voix, mais il ne les voyait plus, ils s'étaient éclipsés. Plus besoin, maintenant, de leur rabâcher qu'il voulait la paix, ils le fuyaient sans se faire prier. Tant l'obscurité, maintenant, était proche. L'éblouissante lumière du printemps cachait la mort comme un noyau compact, muet. Proche.

Tout doucement, insensiblement, le printemps abordait l'été, on entendait chanter les rossignols dans les aubépines des prés bas ; tiède et translucide, la nuit dressait son blanc silence tout autour de leur chant fou. La maison borgne avait coulé au fond d'une pâle mer d'ombelles et de sureaux en fleur. L'intérieur était humide et sombre, sentait la pourriture, la mort, c'était une tanière de bête presque abandonnée ; tout au-dehors était si lourd de lumière que la nuit elle-même n'était qu'une vapeur lumineuse, une brume, et là, tout au fond du trou, la bête malade gisait dans son attente ; condamné, abandonné de tous, un corps attendait sans trêve, un corps suffoquant, prisonnier de la peur. Mais il était las surtout, engourdi, à demi mort. Et si faible. Seul son regard vivait et la fille n'avait plus aucune précaution à prendre – allant, venant tout à son gré –, il ne pouvait plus rien lui faire. Il gisait là, les yeux fébriles. Mais sans mot dire, maintenant – il n'avait d'ailleurs presque plus de voix, le moindre mot s'arrachait au prix d'une horrible suffocation. Il entendait les rossignols et ses yeux étaient des yeux fous. Mais il était pris, réduit au mutisme, prisonnier de ce corps pourrissant, moribond, dont les tissus décomposés ne laissaient plus passer aucun message, elle voyait tout juste briller tout au fond du trou un regard prisonnier, un regard de bête, inexplicable. Elle lui donnait de l'eau et il buvait. Tout autour de ce corps, de ces membres nauséabonds s'étendait, fraîche et blanche, la muette lumière nocturne. Les yeux voulaient prononcer quelque chose. Les yeux sauvages. Mais déjà elle avait passé la porte,

– ils se donnaient rendez-vous au bord de l'eau maintenant qu'elle était moins à court de temps. Et là, sous les aubépines, Tobit regardait son visage se dessiner sur un fond odorant de terre humide, enclos dans un étrange et pâle sourire qui lui fermait les yeux.

Ainsi tout semblait n'être qu'un sourire d'une saveur déchirante, sans raison ni mots ni avenir : un sourire de fou, un rêve. À quoi bon les mots ? À n'en pas douter c'était pour cela – à cause de l'insuffisance des mots – que Tobit sentait se taire sur ses lèvres tout ce qui avait rapport au mariage, il n'avait pas les mots qu'il fallait. Qu'y avait-il d'humain dans tout cela ? En quoi cela pouvait-il toucher l'ordinaire de la vie ? Car il aurait pu renoncer à tout (il y avait la ferme, les vieux, toute une vie de devoir inculqué qui doit continuer, de toute façon, d'une manière ou de l'autre) le temps d'un soupir, dans toute cette humide blancheur nocturne qui sentait bon, il aurait pu laisser tomber tout cela de sa main comme une poignée de sable. La réalité était ici. Nulle autre part. Mais que pouvait donc être cette réalité qui abolissait toute autre chose ? Qu'était-ce donc ? La vie ? La mort ? – Et il ne pouvait pas se décider à souffler mot du mariage. Le présent était enclos en lui-même comme un rêve ; si forte, si intolérable était la pression du présent qu'il était impossible de parler.

Mais un jour, tout doucement, d'une petite voix craintive, elle lui dit qu'elle était enceinte, qu'elle ne pouvait plus en douter. Elle le dit tout bas. Et elle le regardait avec confiance comme un animal blessé qui s'abandonne.

Mais le visage à naître attendait son heure dans le clair-obscur, dans la calme mer, le visage embryonnaire en paix comme une pierre tombale, en attente.

La voix lui dit – tous les jours de ta vie tu sais que pour cela tu mérites d'être rejeté loin de ma face si je veux te juger selon tes péchés.

Ainsi parlait le visage encore scellé de l'animal, le visage du poisson, le visage aveugle d'eau et de paix, inaccessible, irréductible paix à ton corps de mort, à ta corruption.

Le regard de la femme se détournait. Son visage était gris et éteint. Il voyait maintenant l'alourdissement, la convexité faible mais très nette qui se dessinait sous sa taille, il n'y avait pas à s'y méprendre, seul celui qui ne voulait absolument pas voir pouvait ne pas la remarquer.

Et il s'aperçut aussi d'une chose qui avait dû exister longtemps déjà, quoiqu'il eût préféré rester aveugle : les signes extérieurs, toujours répugnants à son avis, de la grossesse (quand il voyait une femme enceinte il s'était toujours senti forcé de détourner aussitôt le regard, de réprimer une nausée) – le cerne sombre sous les yeux qui avait fini par creuser de profondes poches noirâtres, une sorte de fatigue, de fadeur qui lui couvrait la peau comme une grasse pellicule. Quelques mois encore et elle aurait l'air désarmé d'une vieille aux lèvres blanches, à l'âcre odeur. Et c'était elle, celle qui reposait tout près de lui, on ne peut plus près, dans l'herbe humide de la nuit d'été, cet instant baignait dans la lourde odeur mielleuse, fraîche et mouillée des fleurs jaunes du gaillet sauvage ; la chose dite elle s'était tue et restait étendue là, la tête à demi détournée, le regard flottant, errant dans le bleu laiteux du ciel. La mer grise, la longue joue grise, les cils, le globe pâle d'un œil (dont la pupille à présent virait vers le ciel, insondable) transparaissaient dans la lumière nocturne à travers les ombres éclatantes des fleurs ; le long corps frêle s'étendait là avec le globe des seins et la faible mais très nette saillie du ventre sous la robe de cotonnade grise (aux manches retroussées, et il voyait battre une grosse artère bleue renflée comme celle d'un jeune garçon). Sa chaleur formait autour d'elle un halo tremblant dans la nuit humide et claire. Il gisait à côté, en dehors, il venait de se retirer. C'était déjà la chaleur de deux étrangers, de deux témoins qui le regardaient, il avait beau faire il lui semblait que les parties les plus vulnérables de lui-même étaient tombées aux mains de l'ennemi. Un bref instant il se sentit coupé, partagé en deux. Un bref instant le ciel et la terre pris de vertige se confondirent dans l'obscure et humide blancheur de leur silence : intervertis, anéantis l'un par l'autre. Ses poings se nouèrent, les ongles enfoncés dans la paume. Elle avait dit ce qu'elle avait à dire, le silence n'avait duré que trop longtemps, il était déjà tel qu'ils en garderaient l'intouchable souvenir. Elle tourna lentement la tête parmi les gaillets, des brins d'herbe dissimulaient presque sa bouche, ses lèvres disjointes. Entre les fleurs jaunes et les touffes plus sombres de l'herbe il retrouva, luisant dans le clair-obscur de la nuit, le regard enfantin désemparé et illisible.

Alors il se tourna vers elle, lui prit la tête et lui enfouit le visage contre sa poitrine de telle sorte qu'elle ne pouvait plus rien voir, qu'il ne pouvait plus rien voir mais seulement sentir la chaleur de ses cheveux et de ses lèvres qui remuaient contre sa poitrine, il les sentait à travers sa chemise. Ainsi il s'épargnait la vue de ce terne visage faiblissant, de ce visage nocturne, vague, éteint et comme dissous – ainsi il lui épargnait la vue de son visage à lui et de l'étrange angoisse qui l'envahissait.

Notre Seigneur le Christ fut un fœtus.

Notre Seigneur le Christ fut mendiant, regard effacé qui a encore à naître.

Dieu était en dehors du monde. Il vint au monde comme être rejeté, croupissant dans l'odeur de l'homme, les pas du prisonnier étaient chancelants, saccadés, comme s'ils ne lui obéissaient pas, comme s'il obéissait au poids des fers ainsi qu'une bête entravée – l'odeur de l'homme comme la froide fadeur d'une sueur d'angoisse, méconnaissable. Il était méconnaissable et défiguré : le visage du fœtus grimaçait comme celui d'un supplicié, autour de sa bouche béante de bête les rides muettes s'étaient déjà figées. Méconnaissable et méconnu.

Mais quelques jours plus tard il se passa tout de même une chose que la pensée ne pouvait pas esquiver (la naissance de l'enfant était encore si éloignée qu'au bout de quelques jours on pouvait fort bien se dérober à cette idée – c'était pour plus tard, pour beaucoup plus tard). Le temps intervint, il était réel. Une fin, un commencement – tout cela était réel, le temps resserrait sur eux sa dure emprise. Comme une main – qui tue ? qui vivifie ? Il advint donc que dans la maison borgne le père finit par mourir après une longue agonie, un matin tout au début de juillet, dans la brume lumineuse d'un matin naissant, calme et chaud, dans l'odeur de l'herbe mouillée, dans la lourde senteur sucrée des reines-des-prés, et les âcres feuilles humides du sureau miroitaient sous les gouttelettes. Le brouillard, calmement, s'égouttait, tombait des feuilles. Tous les sons étaient assourdis, voilés par la brume blanche, tiède, muette, ceux qui venaient de loin s'entendaient tout près, on aurait dit qu'une main vous touchait le cœur et, lentement, se mettait à le serrer – c'est alors que l'homme couché dans le lit à tiroir se redressa sur un coude. Sans bruit – la poitrine tendue en avant, la tête rejetée en arrière, le cou bandé comme un arc portant un visage qui n'était plus qu'un trou creusé dans l'ombre – la bouche criait, grande ouverte, mais il n'en sortait que du sang noir et muet, à flots, un flot de sang noir et muet sortait de lui comme un dernier signe de vie, il était déjà mort avant que le sang n'ait fini de jaillir. Deux jours plus tard, en pleine grande chaleur, le brouillard du matin une fois levé, il fut enterré aux frais de la commune. C'était un vrai enterrement de pauvre. Alignés autour du tas de terre il y avait là ses trois grands enfants, trois êtres mal venus, malmenés par la vie – cela se voyait – et deux des petits orphelins qui regardaient d'abord tout droit au fond de la tombe, puis çà et là, tout autour d'eux, la danse brillante des essaims de mouches, les hirondelles qui fendaient l'air plein de soleil, n'importe quoi – leurs yeux n'exprimaient ni tristesse ni aucun autre sentiment vivant, ils étaient limpides, vides et désemparés. La poussière fumait dans le soleil trop blanc. Les enfants étaient couleur de grisaille, la sueur leur perlait entre la lèvre et le nez. Dressée debout comme une ombre, comme une ombre du mort, la fille aînée était là aussi, le petit dernier sur le bras. Comme celui du mort son visage n'était qu'un creux obscur, en plein soleil, l'ombre était tombée sur elle. À l'instant même où le pasteur s'apprêtait à expédier au plus vite les prières de l'inhumation un homme surgit au bord de la tombe. Il se posta tout près de la fille qu'une ombre couvrait. Le pasteur n'en croyait pas ses yeux – bien sûr, il connaissait Tobit et ses vieux parents qui étaient ses paroissiens, peu zélés, il est vrai, et vivant à l'écart ; d'ailleurs tout le monde dans le pays connaissait au moins de vue ce solitaire, ce sauvage, élevé à la dure par de vieux parents, qui n'adressait jamais de son plein gré la parole à qui que ce fût, et même on lui en voulait pour cela – on pouvait croire qu'il s'estimait supérieur à tous et à tout au point de s'isoler, de se couper de tout et de tous, on aurait dit qu'il vivait dans un lieu trop sombre, trop dur, trop vide, dans une étrange contrée de l'âme. – Quand ce fut achevé Tobit dit à la fille, sans même un regard pour le pasteur, pour les frères ou pour ces petits enfants grisâtres, aux yeux limpides, qui restaient plantés là sans mot dire : « Allons, viens avec moi ! » Alors elle tendit l'enfant d'un an qu'elle avait sur le bras à la femme qui en épousant un de ses frères en avait fait un vrai petit propriétaire – et celle-ci, ne sachant que faire, prit l'enfant. Le petit, chose étrange, ne se mit pas à crier, à réclamer sa sœur, au contraire il tourna la tête vers la poitrine de la femme comme s'il ne voulait plus rien voir ; il avait d'ailleurs de pauvres yeux que la lumière blessait, peut-être en souffrait-il dans cette forte clarté poudreuse, en plein soleil.

Ils arrivèrent donc ensemble à la ferme où Tobit vivait avec ses parents. C'était en plein midi, un jour de grande chaleur, la lumière torride coulait sans bruit comme une eau blême. Les parents ne voulurent rien savoir. Rien à faire : ils ne voulaient pas.

Alors, Tobit fit entrer la fille dans la petite chambre qui avait toujours été la sienne. Elle devait se servir et manger là. Mais au bout de quelque temps la mère donna tout de même à entendre, d'un geste crispé, furieux, qu'elle pouvait venir manger avec eux.

Elle pouvait se le permettre. Car elle était déjà vengée.

C'était maintenant une vieille femme, pareille à une grosse racine morte. La racine avait la force de ce qui est mort, durci. L'emprise pétrifiante, pétrifiée.

Ce qu'il avait voulu, voulu de toutes ses forces, cela ne serait pas.

Un feu le dévorait, le consumait. Il n'avait plus la force. La mort était en lui.

Il ne pouvait se défendre contre la mort qui était en lui-même. Elle était forte comme une vieille racine dure qui plonge tout droit dans le sol, si profondément qu'on ne la sent plus – mais on sait que le royaume immobile de la mort est sis là, tout au fond.

Oui, la peau de l'autre bougeait sous ses mains. Et il savait que ses yeux, que son regard existaient. Mais tout cela dépassait ses forces. Ce qu'il avait voulu obtenir, à toute force, il ne l'aurait pas. Il n'en pouvait plus. C'était hors d'atteinte.

À lui le cœur de pierre, le cœur pétrifié, il n'avait pas la force de le briser.

Car rien n'était plus pareil, tout avait changé dès qu'elle était entrée sous le toit des parents. Il changeait, il se transformait, il n'y pouvait rien. Il la voyait, et il ne pouvait s'empêcher de la voir comme par les yeux de ses parents : tout ce qu'il y avait en elle de trouble, de gauchi, de glissant. Elle venait de l'autre côté, elle n'avait rien à faire ici. – Toute la nuit son cri muet appelait ce qu'il avait perdu. Quelque chose en lui s'était défendu. Et voilà qu'il ne pouvait plus se reprendre. Il s'était fermé. Pas en dehors, car le corps faisait ce qu'il désirait, ce qu'il avait à faire. Mais en dedans, c'était à n'y rien comprendre.

Quelque chose en lui s'était défendu. S'était fermé. Et voilà. Il était perdu ; perdu pour la fille qu'il était allé chercher pour vivre avec elle, perdu pour lui-même. Quelque part, quelqu'un l'avait vaincu. Pas la fille, pas la grossesse intervenue, lui-même non plus. Non, quelqu'un qui se cachait au fond de lui-même, un autre en lui, – fort, insaisissable, implacable.

Ce corps étranger, sa mollesse glissante, sa douce, son écœurante odeur malpropre.

Il gisait à côté d'un corps brûlant, d'un corps étranger ; il percevait dans son propre corps les signes et les souvenirs des membres humides, de leurs jeux ardents, de leurs enlacements, joints, disjoints. Il cherchait à se rappeler. Mais il ne pouvait rompre, forcer l'épaisseur de la couche pétrifiée. Une terre déserte s'étendait là. Souvenir que ces mains frêles passant sur lui, passant sur tout son corps, entrant jusqu'à son âme pour le toucher, tâtonnant, cherchant jusque dans l'âme comme une peine inaccessible, désemparées de ne rien trouver, de ne rien comprendre. Tout était vide.

Comme si quelqu'un l'avait abandonné au moment même où il avait besoin de vie pour deux, pour pouvoir porter. Quelque chose lui avait failli. Et il restait là délaissé, abandonné.

Les mains cherchaient. Mais il restait immobile : ô cette angoisse, il n'avait plus la force de bouger, il était transformé en pierre.

Il gisait sous le voile du rêve qui lui brûlait les membres, clair comme la nuit d'été, les mouches bourdonnaient autour de sa poitrine nue comme autour d'un mort. Il vit dans la clarté du rêve que le voile consumait les membres, les deux corps assemblés et comme soudés l'un à l'autre remuaient dans la pénombre, ligotés dans la chaleur du drap grisâtre, le lit-coffre étroit comme un cercueil. Ce corps bizarre, fait de deux, avançait comme une limace bien avant le rêve avec ses huit membres et le neuvième. C'était un corps inconnu. Il s'était détaché de lui et de la fille et promenait çà et là son incompréhensible vie sauvage. Et il percevait dans le rêve le tâtonnement des doigts impuissants. Et dans le rêve il sentit sourdre une furieuse, une brûlante envie de pleurer. Qui mourut à sec. Il resta immobile, c'était le règne du scellé muet.

La petite chambre était donc à eux. La mère n'y mettait pas les pieds, jamais : là s'ouvrait un nouveau pays – une chose que, jusqu'à la mort, elle se refuserait à toucher. Et il faut bien reconnaître que ce que la fille venue de la maison borgne et la mère de Tobit entendaient par propreté étaient deux choses fort différentes. Et cette fille engrossée n'était pas forte, elle était même – Tobit commençait à s'en douter – malade d'un mal indistinct : constamment faible, chaude, en sueur. Son visage qui se plombait. Et on aurait dit que ses longues mains molles ne pouvaient rien tenir pour de bon – non qu'elle ne se donnât pas de peine, au contraire, elle travaillait à s'en rendre lasse et pâle comme neige, mais tout d'un coup elle s'affaissait, la main au front, les yeux révulsés et vomissait droit devant elle ; et pourtant, toute cette peine qu'elle se donnait n'aboutissait à rien, tout se brouillait, on aurait dit que rien ne se faisait, le linge restait grisâtre, à peine un peu plus délavé, la crasse ressortait, aussitôt sèche, des fentes mouillées du plancher. Les mains sans force retombaient le long du corps. Mais le ventre croissait et se haussait de plus en plus sous les deux seins, bombé, tendu, luisant (il le voyait lorsque, le soir, elle sortait de sa robe pour s'approcher de lui, lentement, le visage muet comme une ombre, l'air même, la nuit grise était autour d'elle un tremblant appel d'angoisse et de chaleur désemparée) – ce ventre trop lourd pour les longues jambes grêles. Il n'avait rien à lui dire. Quelque chose en lui avait atteint l'achèvement et s'était détaché en la repoussant – elle n'était plus qu'une chose extérieure à lui-même, quelque chose d'étrange.

C'était un logis sombre. Vint l'automne, blanc et froid. La femme enceinte s'en allait dans le brouillard salin, elle était souvent absente – et lui il la voyait d'en haut, de la ferme, il voyait sur le fond pâle du brouillard et de la nappe d'eau une forme engrossée marcher le long du rivage. Une pensée mauvaise lui venait : ce serait une solution. Elle pouvait marcher ainsi, là-bas, pendant des heures, aller, venir. Tantôt il l'apercevait entre les dunes, tantôt il ne voyait plus rien. Mais elle revenait toujours – les cheveux et les vêtements humides, les jambes nues et bleues de froid (on était en octobre) égratignées par les ajoncs –, elle revenait comme on implore, toute crispée et folle d'angoisse. La mère était postée dans la cour, elle ressemblait à Tobit en plus grand, large et raide – le bleu de ses yeux était déteint, son regard blanc et dur. Elle crachait par-dessus son épaule comme on le fait en rencontrant un chat en chemin.

En ce temps-là le visage de la femme enceinte ne reflétait plus guère que la peur. Elle s'était nouée sur elle-même, figée : veux pas ! – ni continuer, ni être, ni enfanter. Et elle passa largement le terme – comme si son corps aussi s'était noué, crispé autour de l'enfant, refusant de continuer, de lâcher prise. – Mais comme la nature ne se laisse pas endiguer outre mesure et rompt ensuite le barrage avec une puissance accrue, le temps força un matin la résistance de ce corps qui se voulait immuable comme un rempart : elle accoucha, et ce fut un accouchement difficile. L'enfant qui vint au monde était une fille, aux yeux bleus, aux cheveux noirs à la naissance, mais le poil sombre tomba peu après et il lui poussa un fin duvet blond, presque blanc. L'accouchée gisait là, rompue, blanche, blessée. Une odeur d'abattoir, de viande avariée, régnait dans la chambre. Il se sentait coupable, il ne pouvait rien sentir d'autre.

Tout d'abord la grand-mère refusa de voir sa petite-fille, mais au bout d'un jour ou deux elle vint avec le père. Tobit leur dit que la petite s'appellerait Tora-Greta, – Tora était le nom de la mère, l'autre nom était celui qu'avait porté la mère de l'accouchée, morte tuberculeuse quand Ingrid avait dix ans. Alors le père et la mère passèrent ensemble le seuil de la chambre. On y respirait un relent de parties génitales, de chiffons aigris mouillés de lait. À la vue de l'enfant la grand-mère vira au gris, le visage tremblant, elle la prit dans ses bras. Mais elle n'eut pas un mot pour l'accouchée. La fille qui avait enfanté ne se remit pas sans peine, au bout de deux mois au moins Tobit put la mener avec l'enfant au pasteur qui les unit et baptisa la petite Tora-Greta. Ingrid avait beaucoup maigri, ses joues étaient colorées et ses lèvres couleur de sang mais la peau était d'un bleu noir autour des yeux et par ailleurs d'un blanc de neige, ses yeux étaient plus grands que nature, avec un sombre miroitement d'eau, – elle n'avait même pas la force de porter l'enfant. La grand-mère prenait soin de la petite comme si la mère n'existait pas. Et elle n'existait presque pas non plus, six mois après la naissance de sa fille elle fut hospitalisée à Broby, c'était le nouveau sanatorium départemental. Après quoi il eut, là-bas, une épouse ballottée sur le désarroi d'une mer de mort dans un lit blanc : un visage étranger au maigre ovale brûlant, aux tempes saillantes, luisantes de sueur, aux joues creusées de ces sombres cavités – profondes, comme mangées, qui signifient : sans retour. Elle restait couchée là, de l'écume séchée aux lèvres, le visage soudain envahi, lentement, par une sombre rougeur crispée comme si elle allait enfanter, et une violente quinte de toux s'échappait d'elle : une toux chuintante et sans force qui n'en finissait pas – uhu uhu. La clarté grisâtre du jour s'égouttait à travers les grandes fenêtres bien propres, peintes en blanc – eau de glace, monotone, eau de mort. Dehors, un mur de sapins noirs. Et dans ce corps décharné vivait encore quelque chose de tenace, d'horrible, qui s'agrippait, qui avait une force infinie, mais presque inaudible, pour tousser ; et parfois de grands yeux sauvages et dilatés qui n'avaient rien à voir avec l'ancien regard craintif.

La vie, en elle, avait pu sembler faible. Mais elle vivait encore et toujours, elle continuait – les racines étaient tenaces et profondes. Tobit allait la voir. Parfois il y avait un mieux, elle pouvait s'asseoir dans son lit – mais elle n'était plus la même, elle était maintenant inaccessible, son regard ne se dérobait plus comme autrefois, il pouvait la regarder droit dans les yeux tant qu'il voulait mais il n'y avait plus rien à voir : rien qu'une sorte d'hébétude froide et calme – pas de désespoir, bien au-delà du désespoir où tout cesse d'être. Elle était morte des yeux depuis longtemps déjà. Mais ses mains le cherchaient, elles cherchaient même son corps à la dérobée quand elle croyait qu'aucune des autres malades ne regardait de leur côté, – frêles, brûlantes, ces mains condamnées à mort passaient sur lui sans trêve, et le désespoir vivait en elles comme un voltigement d'oiseaux tremblants, affolés. – Il allait lui rendre visite. Mais cela n'arrivait pas très souvent.

Il avait peine à s'y décider. Pas à y aller. Mais à se décider. C'était comme une pression croissante. Comme si le poids des âmes était perceptible dans un autre monde, sous une pression inhumaine. Celle qui n'était plus elle, qui n'avait plus de nom, le lambeau humain qui frémissait dans le lit blanc avait de l'importance – plus d'importance qu'elle n'en avait eu. Qui augmentait. Pis qu'avant. Il était comme anéanti. L'âme ployait sous le faix. La vie se condensait. Lourde. Lourde comme la mort. Est-ce qu'il allait mourir avec elle ?

Elle vivait encore à l'automne 1913. Elle n'en finissait pas de vivre. Quelque chose vivait, occupait un lit et un crachoir à Broby, comme sur une mer entre les crises d'étouffement furieuses, écumantes, qui l'écrasaient et le creux plombé, éteint, mortel des vagues. Il était là, il voyait et pensait : elle ne devrait pas vivre.

Pourquoi avait-elle vécu ?

L'odeur fade et pénétrante de ce corps moribond le transperçait, gravait en lui : Coupable.

Menue, malpropre, la petite fille se promenait à quatre pattes sur le plancher ; ses joues étaient blanches et elle avait aussi un cerne bleu-noir autour des yeux, il voyait bien que ceux qui la regardaient se demandaient pour quand c'était, raisonnablement il ne pouvait pas être possible qu'elle y échappât, raisonnablement il fallait se dire quelle était condamnée. Elle était âgée d'un an maintenant, ou presque, blême comme neige, les traits tirés, sans appétit – cela venait peut-être de ce que sa grand-mère s'y prenait si rudement, si durement, pour la faire manger ; elle lui enfonçait la cuiller dans la bouche comme si l'amour et la haine se disputaient en elle, comme si elle avait à la fois envie de la nourrir et de l'étouffer. Et sans doute était-ce vrai, ce qu'elle éprouvait pour sa petite-fille était un sentiment plein de contradictions – elle aurait pu l'aimer, elle l'aimait vraiment tout au fond, mais sans un mot, avec une hargne désastreuse, la présence de la mère dans l'enfant (car la petite ressemblait beaucoup à sa mère, mais en blond) était trop pour elle ; la répugnance montait en elle comme une vague. Et aussi la peur de la maladie.

Tobit regardait l'enfant, l'entendait tousser – comme tous les petits elle s'enrhumait dès l'automne. Et il se demandait ce que pouvait bien signifier cette toux d'enfant, ces reniflements. Le père n'était plus très fort, il avait des douleurs : Tobit travaillait pour deux, – pour trois même, car maintenant le soin de la petite Tora-Greta prenait tout le temps de la mère. Tiraillée entre sa répugnance et les remords que cette répugnance lui causait, elle devait miser toutes ses forces dans ce combat entre sa volonté de bien faire, de réparer, et les attaques sans cesse renouvelées d'une force dure et mauvaise, irréfléchie, inexplicable, car il s'agissait d'un tout-petit sans défense (qui parfois cependant lui faisait l'effet d'un mauvais esprit, d'une sale petite bête geignarde et méchante). – Tobit se mit alors à penser à ce qu'on disait : il y avait beaucoup d'argent à gagner dans le nord de l'Allemagne, comme ouvrier agricole par exemple, pourquoi ne pas tenter sa chance ? Il se disait que, tout de même, il valait mieux gagner leur pain de cette façon, en leur envoyant de l'argent ; et c'est ainsi qu'il décida de se sauver, de tout laisser, il n'en pouvait plus. Il se rendit à Broby pour une dernière visite. Mais ce qui était dans le lit n'était pas fait pour être vu ; maintenant elle avait sa chambre, on l'isolait ; ce n'était pas supportable, tout simplement. Il alla trouver le docteur qui lui dit qu'il n'y en avait plus pour longtemps. Elle séjournait dans un étrange lieu de transfiguration, rongée jusqu'aux os, presque réduite à la carcasse nue, aux pierres, aux rochers, presque un éclat de pierre.

Mais lorsque enfin il allait se mettre en route, fin prêt, sa valise à la main (et on ne peut nier, ça ne fait pas un doute, qu'il avait quelque part derrière la tête l'idée de ne plus jamais revenir, advienne que pourra, les parents et la petite sauraient toujours bien se tirer d'affaire), voilà que les ongles de la petite restaient rivés dans son corps comme des griffes, comme les doigts de la mourante qui ne voulaient pas lâcher prise (il avait fait le voyage de Broby pour dire adieu et le mot d'adieu n'avait même pas franchi ses lèvres, il ne pouvait pas). Elle criait, criait. Il posa sa valise, s'accroupit, essaya de lui parler ; mais elle n'avait pas encore l'âge de comprendre le sens des mots, le ton lui disait quelque chose, de même que la raideur des corps, leur refus, leur volonté de fuir, c'était tout ; et il sentait ses lèvres comme paralysées, il ne pouvait pas faire plus – la contrainte et l'impatience transparaissaient, l'enfant ne voulait pas écouter sa voix, elle se cramponnait à son corps, elle enfouissait le visage dans ses vêtements, toujours criant. À la fin il fut obligé de l'arracher de sa personne. Elle se tut d'un seul coup : ses yeux vides et affolés s'écarquillaient dans son petit visage hâve et sale. Sous la peau fine du grand front bombé il vit se tendre et battre – à coups ténus, rapides – le même arbre de veines bleu-vert que celui qu'il avait vu, peu de jours auparavant, sur le front de la mourante. Les cheveux pâles de l'enfant pendaient en petites mèches humides de sueur. Elle s'était complètement tue, elle ne bougeait pas. Elle ne voulait pas le regarder. Sa grand-mère la souleva sans qu'elle fît de résistance. Il put alors partir. Elle ne bougeait pas dans les bras de sa grand-mère, et il n'entendit rien derrière lui tandis qu'il descendait vers la gare. Seul le gravier grisâtre crissait, le silence clair et vide de l'automne régnait sur les champs épuisés.

Il fuyait : il savait que c'était faillir aux siens, mais il ne pouvait rien faire d'autre, il était forcé, c'était comme ça, il n'y pouvait rien.

Le lendemain au petit jour il était posté sur le quai du port d'Ahus dans une lourde brume grise qui sentait la neige, l'année était fort avancée, novembre déjà. Une faible houle lisse et noire venait par frissons de la grande Baltique invisible et soulevée, de l'énorme bête marine. Tout à coup l'œuf sanglant du soleil se leva dans une lueur d'un jaune sale et maladif flottant au milieu du brouillard. Il monta à bord avec sa valise – le patron était un cousin éloigné qui le faisait passer gratis. Le bateau était un mauvais petit caboteur qui employait trois hommes d'équipage en plus du patron. À peine avaient-ils dépassé la jetée que le brouillard se leva et le vent se mit de la partie. L'odeur de neige persistait. Des nuages noirs et effrangés traînaient sur la mer noire, et entre eux on voyait luire de claires taches de ciel automnal reflétées par les vagues bleu-noir, limpides comme des blocs de glace, qui s'élevaient toujours plus haut. Tantôt une volée de flocons ténus balayait les vagues, tantôt le vent revenait à l'attaque, plus fort qu'avant mais tiède, presque étouffant ; le temps était bizarre, inquiet, inquiétant.

Ce fut aussi une traversée inoubliable ; vers midi le vent avait viré à la tempête, trépignant, hurlant et criant sous un ciel changeant, tour à tour limpide et noir. Tobit n'avait pas de chance : ce fut une des plus belles tempêtes d'automne de mémoire d'homme. Pendant trois jours et trois nuits ils divaguèrent au hasard dans le sud de la Baltique, complètement perdus, déboussolés, ils croyaient tous qu'ils allaient mourir. Mais, à la troisième nuit, la tempête s'apaisa, la lueur d'un phare pointa soudain entre le balancement des énormes dos noirs de la houle. C'était la côte lituanienne, ils avaient complètement perdu leur direction. Ils mirent le cap sur Libau pour réparer leurs forces et leur bateau qui était nu et vidé comme une coquille d'œuf.

Feux de phares. Nuit. Bancs rocheux dessinés par l'écume dans l'ombre.

Lumière crue du gaz sur la jetée. Côté mer la nuit houleuse enveloppait la jetée, les cloches à gaz, les usines, l'eau s'insinuait dans les fentes du mur de ciment qu'elle suçotait comme de sombres caries.

Hors de la zone de lumière verdâtre la mer respirait et geignait dans la nuit de toutes ses vagues, de tous ces êtres enlacés qui luttaient corps à corps dans l'obscurité, dans une haleine mouillée de peau froide, salée, collante. Par-delà les docks et les cales de construction navale un pays plat s'étalait dans la nuit.

À l'aube on vit se dessiner une grande ville maritime et industrielle qui, aux yeux de nos campagnards d'outre-mer, semblait sans bornes. Le port était plein de détritus, entre les hautes coques de fer et les petits caboteurs bas et usés on voyait flotter des paquets de roseaux, des poutres à la dérive, des excréments, des mouettes crevées. La ville bruineuse couvrait une plaine comme une plaque de vermine morte. Des ponts de fer s'estompaient dans le crachin noir de suie. Le môle barrait le passage à la mer mais un long mouvement de houle continuait à clapoter jusque sous les quais. D'interminables files de wagons remisés sur des voies de garage attendaient au loin dans la bruine.

La ville ressemblait à une prison grise qui sentait l'homme. Les places avaient l'air de champs piétinés.

La journée passa.

(Les yeux de l'enfant étaient vides – sombres comme un puits : un piège. L'obscurité sous le bleu, l'eau vaseuse. Il ne percevait pas ses cris, le brouillard les étouffait.)

Le crépuscule se fit tiède. C'était comme une fausse tiédeur printanière égarée en plein novembre vide et mouillé. Mais l'air gris et lourd avait une étrange odeur de terre et de fécondité, le soir sentait la vase et les marais grouillants d'oiseaux, de lourdes bouffées de printemps attiédi passaient follement dans la grisaille toujours plus sombre du soir d'automne. Le soleil descendit dans des nuages obscurs, dans une obscure brume et un reflet de feu. Une pluie chaude et calme se remit à tomber. Une mouette blanche comme la foudre fendit le soir pluvieux avec un cri perçant, le corps voulait rompre l'amarre, l'âme voulait prendre le large. Le crépuscule, l'eau et le ciel se confondaient – envol ! élan ! oh ! s'en aller ! Il entra dans un café avec les autres, c'était une salle basse pleine de tumulte – l'odeur d'homme collait comme une vapeur compacte, l'odeur du poisson, de la misère aussi. Il ne savait pas que l'odeur de l'homme pouvait être aussi haïssable. Dans cette ville elle collait à toute chose, tout sentait la misère – son odeur n'était pas l'odeur humaine mais l'odeur d'humains contraints à vivre comme des bêtes qui dorment près des tas d'ordures, qui s'accouplent, mettent bas et meurent au même endroit. La salle de café était bourrée jusqu'au plafond de visages gris et luisants. L'odeur était partout – imprégnait les vêtements, gluait au corps. On ne pouvait pas s'en débarrasser, c'était comme le filet du piégeur. Alors Tobit se mit à boire – par petites gorgées tout d'abord (pour que l'ivresse ne lui tombât pas dessus comme un sac, cela lui était arrivé quelquefois, un sac d'oubli noir et mort), et il regardait tout autour de lui, sur la défensive, tout en continuant à boire lentement, de plus en plus. – Là-dessus une querelle éclata. Il ne sut jamais pourquoi : mais tout à coup il s'était retrouvé planant sur une bonne vingtaine de mains tendues, les lampes du billard passaient en trombe à côté de lui. Et le voilà dans la rue, avec un lourd bruit de chute clapotante – ramant des bras et des jambes dans la boue glissante qui sentait la mer. Il resta étendu un moment, le temps était aboli. Puis il réussit à se relever, à se mettre d'aplomb sur ses jambes, il se dirigea vers l'intérieur de la ville – on était encore dans le quartier du port – absent, abruti, ivre mort, il se fichait bien de savoir où il allait, tout ce qu'il savait c'est qu'il aurait mieux aimé disparaître en douce et sans douleur, s'évanouir, sortir de tout.

Mais l'odeur était sur ses mains, sourdait de son propre corps.

Il continua d'enfiler les unes après les autres les rues de cette ville sale, grouillante, à l'éclairage clairsemé. – Au bout d'un moment il se retrouva dans un quartier inconnu, sans lumière, en limite de ville sans doute. Il pleuvait toujours et le sol n'était plus que boue. L'ivresse était descendue dans ses extrémités comme des plombs de sonde, il marchait à quatre pattes comme le roi Nabuchodonosor – mais il ne broutait pas d'herbe, il broutait de la boue, une gadoue liquide qui sentait le pourri. Un reflet de feu sorti des fentes et des lucarnes – non des maisons, car ce n'en étaient pas, mais des cabanes basses qui bordaient la rue – lui faisait voir cette rue au milieu de laquelle il se traînait ; elle était large comme un labour avec deux pentes qui se rejoignaient au milieu, formant une rigole ou un fossé où coulait un liquide épais et noir. Du papier journal, des bouts de nattes de roseaux claquaient dans le courant d'air des fentes. Une âcre odeur de poisson pourri flottait sur cet endroit. C'est alors que Tobit rencontra un chien, ou plutôt une chienne, un être fait comme un chien dont les dents blanches luisaient dans l'ombre, dont les membres se coulaient par mouvements glissants. L'âme criait : au large ! au loin ! Les cabanes et les bouges se succédaient dans l'obscurité, groupés en quartiers que séparaient de larges rues défoncées comme des champs, des quartiers, encore des quartiers bourrés de dormeurs asservis, d'une masse humaine grise et immobile abandonnée aux poses difformes de l'épuisement, de tout un peuple en décomposition, l'angoisse baigne comme une vase épaisse leurs visages émaciés. Fade et dense puanteur de corps affamés qui pourrissent. Partout. La langue pendante dans la boue qui avait un goût de sel, la mer était si proche que son amertume remontait de la terre, Tobit suivit donc l'être asservi dans un de ces repaires croulants qui sentaient le poisson et où tout ce qu'on touchait était mou et gorgé d'humidité ; là il rencontra partout les membres coulants, glissants, de cet être et il goûta une jouissance déchirante, un éblouissement presque mortel – il la mangeait comme on mange d'une bête et il sentit qu'il se vidait de lui-même et se perdait dans une rigole de l'obscurité dont la consistance était celle de la vase. Il s'enfonçait, il sombrait, le visage pressé contre l'ossature d'une poitrine étrangère, entre deux petits seins tremblants de chaleur, aux mamelons durs et usés, et les coups pesants d'un cœur étranger, d'un muscle palpitant, sonnaient et tonnaient dans sa tête comme un puissant carillon ; il s'éveilla en compagnie d'un corps étranger, froid et moite, rêche et anguleux, qui sentait le poisson, et d'une paire d'yeux luisant dans l'ombre comme ceux d'un chien ou d'un rat tandis qu'une voix inconnue, rauque, – moins semblable à celle d'une femme qu'à celle d'un enfant qui mue –, lui adressait la parole dans un charabia incompréhensible. Incapable de fournir l'effort d'une pensée, il chavira sur l'autre flanc et sombra dans le sommeil comme un morceau de plomb qui coule tout droit vers le fond, le fond de la mer et de l'oubli.

Quand Tobit s'éveilla, l'aube était déjà dans la masure, grise comme de la chair de poisson gelée. La traînée était accroupie auprès du foyer, elle avait un jeune visage grisâtre, sombre et pointu (elle avait assez l'air d'un chien, même en réalité) ; elle éventait la flamme du feu où chauffait une casserole de tôle. D'après ce qu'elle baragouinait dans son langage bourbeux elle devait sans doute s'appeler Mordorana (la dorée, l'or dans l'eau de la mer, la parole dorée sur tranche, d'or faux comme un œil de chat) ; son type, ses traits bistrés et pointus, ses gros crins noirs emmêlés semblaient indiquer qu'elle appartenait à quelque tribu nomade, bohémienne, romanichelle, mais sur ce rivage fangeux où échouaient par vagues successives, pour y pourrir, tant d'épaves humaines, il y avait de tout, des existences errantes de toutes sortes ; on avait bien, parfois, dit de celle qui se mourait à Broby – dans l'intention de blesser, de faire du mal – qu'elle avait du sang de romanichelle. Cette engeance. Sans foi ni loi, éclopés, glissants ; des gens qui se nourrissent de mensonges et d'emprunts, de fièvre et d'ivresse ; qui ne sont pas vraiment des gens, qui restent des enfants ou des poissons ou des oiseaux comme on en voit en rêve, des bêtes malmenées, condamnées. – Mais voilà que la fruste et terne Mordorana tournait vers lui son visage aux pommettes gercées et qu'elle lui souriait. Elle souriait comme une petite fille, accroupie, les pieds nus et sales, les talons calleux (peut-être n'était-elle pas bien vieille) ; dans son visage grisâtre et sa bouche bleuie de froid ses dents étaient vraiment blanches comme celles d'un animal ou d'un enfant, dans ce visage bistré, grossier, ces dents brillaient d'un éclat surprenant comme l'aurait fait, dans le champ boueux de la rue, une poignée de perles fines. Et maintenant Mordorana lui faisait signe de la main pour l'inviter à partager son repas.

Il mangea – il mangea même gloutonnement, quoique la soupe bouillante eût le même goût de poisson gâté que tout ce qui était dans la masure, y compris le corps malpropre et secret de la fille. Il mangeait.

Il avait appris sur son propre compte une chose qu'il ignorait avant ; il aurait payé n'importe quoi pour continuer à l'ignorer. Mordorana parlait vite, sans presque reprendre haleine, les mots s'échappaient d'elle comme une sorte de gloussement rauque, comme le son guttural et rude qu'émet une jeune oie sauvage. Il pensa alors à l'enfant qu'il avait quittée, car l'être qui lui faisait face tenait beaucoup de l'enfant (mais sa peau était grenue et ridée, peut-être était-elle beaucoup plus vieille). Sept jours durant le bateau avarié dut rester au port de Libau. Sept soirs de suite, dans l'odeur du varech et les coups de vent de l'automne, ses pieds et son corps retrouvèrent le chemin du repaire de Mordorana. Sept nuits – et ce fut comme si une nouvelle vie s'introduisait en lui par une déchirure de l'ancienne trame des jours, une vie accointée avec la mort, avec la mourante de Broby, avec les dernières crispations de la vie agonisante comme celle d'un insecte écrasé ou d'un animal à l'échine rompue qui se tord dans tous les sens, comme un ver, comme une larve. Un nœud de membres se tordait, s'emmêlait, s'étirait aveuglément dans la nuit. C'était un trou, un trou ouvert sur la nuit. Jusqu'où s'étendait-il ? Que se passait-il au cœur de cette nuit d'où montaient des balbutiements d'enfant ? Et ces battements de cœur, ces spasmes du gosier ? Ce sourire enfantin, insolite ? Et les brusques tressaillements, les grands yeux vides de la mourante ? Que se passait-il vraiment dans tout ce noir ?

Ainsi passèrent ces nuits, dans les relents de poisson et la chaleur vénale du chien. Le maigre feu allumé à l'aube sous la casserole de soupe ne pouvait guère lutter contre le froid – la nuit ils avaient froid. Elle se collait à lui et le caressait ; plus le jour s'approchait, plus elle le caressait. Tout était devenu méconnaissable, comment cela se pouvait-il ?

Mais au bout de sept jours le rafiot était paré, la mer dansait, verte et blanche, de l'autre côté du môle, le vent donnait en plein sud-ouest. Ils étaient tous là pour aider à mettre les voiles. Il était donc rendu à lui-même. C'est alors qu'il se passa quelque chose d'incroyable. Un cri d'appel venu du quai lui fit soudain lever la tête. Horrifié, il reconnut une de ces formes qui devraient toujours rester cachées, de celles qui ne devraient jamais se faire voir à la lumière du jour. Elle était là-haut, sur le quai, et ses pieds nus, bleus de froid, aux orteils courts et vigoureux, trépignaient d'inquiétude sur les pavés. Elle était enveloppée de la tête aux pieds, comme dans une sorte de mante, dans un morceau de couverture rapiécé dont un pan lui couvrait la tête. Elle était toute tremblante et son fruste visage gris ressemblait plus que jamais à celui d'un chien : une bête terrifiée, une peur raidie, inexpressive – elle se retournait sans cesse pour regarder derrière elle car à quelque distance, mais assez loin, les gardes armés du port patrouillaient deux par deux. Elle le hélait de sa voix rauque d'enfant, elle l'appelait et se tordait les mains en pleurant. L'équipage du rafiot se mit à rire à pleine gorge, à lancer de joyeux quolibets à Tobit – le patron semblait perplexe. Tobit ne pouvait détacher les yeux de la forme qui se dressait là-haut sur le quai. Elle ne disait rien. Elle se tordait les mains. Là-dessus elle fit un mouvement comme pour sauter dans le bateau. Tobit prit alors une cheville de bois qui traînait près de lui sur le pont. Il la soupesa lentement dans sa main. C'était un coin de bois luisant d'usure, d'un bon poids. Il le lui jeta à la volée. Le coin l'atteignit à la tempe en l'écorchant, le sang commença aussitôt à sourdre de la blessure. Elle poussa un petit gémissement aigu et s'écarta comme si elle glissait ; les mains sur le front elle disparut en courant sur le quai de chargement, entre les tas de sable, de chaux, de poutrelles de fer. Il ne la revit plus, une heure plus tard ils étaient déjà au large, cap sud-ouest.

C'était en 1913, à l'automne. Le bateau parvint ensuite à destination : Rostock. Tobit fut embauché dans une minoterie ; il y travailla jusqu'à la fin de l'année et les premiers mois de l'année suivante. Mais la pensée de l'enfant qu'il avait quittée ne lui laissait pas de répit ; d'ailleurs il ne gagnait pas autant qu'il l'avait espéré. Il dut payer son voyage de retour mais c'était plus fort que lui : à Pâques il était de retour. La malade de Broby était morte, ce fut la première nouvelle qu'il apprit : il était donc veuf, et sa fille était orpheline de mère.

Une nuit il rêva qu'il gagnait l'intérieur des terres – une contrée déserte en plein soleil mort, l'horizon reculait à l'infini, la terre était pleine de cailloux et de restes de plantes desséchées. La brume de lumière blanchâtre ardait aussi fort dans le vide rocailleux que dans l'immensité du ciel. Dans la lumière et dans le vide il entendait maintenant – ou il sentait – que quelque chose s'approchait de lui en rampant. Lourdement. Quelque chose de grand. Il pressait l'allure, il courait, mais ses pieds travaillaient sur place, ni lui ni la terre ne se déplaçaient d'un millimètre. La chose approchait, arrivait sur lui.

On entendait que ses mouvements étaient des mouvements estropiés, elle se traînait par saccades, elle n'avait pas tous ses membres ; de temps en temps des pierres roulaient sur son passage. Il sentait qu'il allait être rejoint – tôt ou tard la grande chose blessée allait le rattraper et tendre vers lui l'horrible membre mutilé. Ses pieds pédalaient machinalement, la sueur lui coulait dans les yeux, l'ardente brume égale et plane l'enveloppait comme un bain de plomb, moulait sa poitrine, tout son corps, comme une coquille fossilisée, pétrifiée, digérée par la pierre ; il avait été rejoint.

EN ENTRANT il trouva la petite fille assise par terre, elle jouait avec une poupée de bois. Elle avait grandi et changé, ses cheveux avaient poussé, ils lui arrivaient maintenant aux épaules, ils étaient touffus, d'un blond presque blanc, mais ne semblaient ni démêlés ni lavés – elle n'avait pas l'air très bien soignée. Elle le regardait : le regard de l'enfant était sombre, bleu, d'un bleu de fondrière, tout grand ouvert et très sombre, il pouvait y plonger le sien, quelle pouvait être sa profondeur ? – ce regard entrait tout droit en lui, s'enfonçait, où était le fond ? Il y avait aussi entre le regard de la fille et celui de la mère une ressemblance qu'on ne voit qu'aux jumeaux, il aurait pu croire que c'était la morte qui le regardait droit dans les yeux, sans sourciller, avec une insistance claire et fixe.

Quelque chose, alors, se retourna en lui, quelque chose de poignant, tout au fond, bougeait en lui, se transformait. Se brisait. Le regard enfantin entrait tout droit, sans sourciller.

La longueur des cheveux donnait une autre forme au petit visage – il s'était allongé, ressemblait beaucoup à celui de la morte, mais avec un front large et des pommettes étroites comme celui de Tobit. La tête de la fillette semblait – comme la sienne – trop grosse pour le corps malingre. Mais il y avait en elle quelque chose de joli, de fin, de blanc, toute sale que fût l'enfant assise sur le plancher.

D'ailleurs tout était sale à la maison. Il ne tarda pas à remarquer que bien des choses avaient changé pendant son absence. Son père était toujours le même, à peu de chose près, un peu vieilli peut-être. Pour la ferme, les bêtes, il n'y avait rien à dire. C'était dans la maison que presque tout avait changé – rien n'était fait qu'à moitié, tout était bâclé, dégradé. La mère n'était plus du tout comme avant. Elle n'était vraiment plus la même ; il s'en aperçut au bout d'un jour déjà – il se rendit compte qu'en la laissant seule avec un enfant d'un an il avait été trop loin. Ç'avait été trop pour elle. Elle était maintenant toute grise et tremblante, mais ce n'était pas tout ; elle semblait intérieurement brisée, effondrée. Sans résonance. Une simple écorce vide.

Elle avait lutté pour accueillir la vie en elle. Mais la mort y était déjà. Un jour, l'hiver dernier sans doute, quand il n'était pas là, la mort avait prévalu. Elle s'était brisée. Il ne restait plus que l'écorce. Le combat continuait en elle comme si elle n'existait pas, les chiens se disputaient la dépouille, la peau morte. – Parfois il la voyait s'asseoir par terre près de l'enfant, l'attirer à elle et rester immobile dans cette position, le front appuyé au visage de la petite fille : il y avait là quelque chose de morbide : une grande vieille femme assise sur le plancher malpropre, parmi des déchets de cuisine qu'elle n'avait pas la force de balayer, qui avait l'air de prendre appui sur un petit enfant. Du visage flétri, figé, de l'adulte montait comme un grand cri de détresse muette. Jamais il ne pourrait oublier ces yeux-là – ces yeux fangeux.

Le fils était de retour, il sembla alors qu'elle cessât tout à fait de lutter. Son corps qui vaquait là, dans la maison, était un objet abandonné.

C'est ainsi que Tobit dut s'occuper de la petite même pour les soins dont sa mère s'était chargée : il la lavait, l'habillait, lui préparait souvent sa bouillie et la faisait manger – il apprit ainsi à la connaître de tout autre façon. Elle était tout le temps sur ses talons, et il l'emmenait partout : de plus en plus il sentait qu'il n'avait qu'elle au monde.

Pendant ce temps la mère dépérissait – se desséchait toujours davantage, toute grise dans le soleil de l'été. À vrai dire le soleil traversait l'ombre d'une peau, l'ombre des os ; ses yeux implorants étaient des trous, des creux nocturnes et envasés dans la clarté du plein été – quand il lui arrivait de parler elle bredouillait, le regard oblique comme si elle voulait prendre la fuite. L'automne venu, elle se mit au lit pour ne plus se relever.

La petite fille avait deux ans. Elle parlait déjà distinctement.

L'horrible combat qui se livrait dans la grand-mère apparaissait maintenant à nu – on aurait cru voir un enchevêtrement de membres, un nœud de serpents. C'était une maladie muette qui ne voulait pas dire son nom. Elle ne pouvait pas s'expliquer non plus, ni peu ni prou. Le combat faisait rage. Durait. Parfois elle divaguait et criait : Je ne veux pas ! Je ne veux pas ! Oôôôh ! On aurait dit le cri d'une bête menée à l'abattoir qui se jette contre les quatre murs de sa prison. Parfois comme un cri de rut, mais affreusement dénaturé. – Un instant plus tard elle pouvait demander, supplier qu'on lui amène la petite. Mais quand ils faisaient entrer l'enfant – qui riait, riait sans cesse et babillait à n'en plus finir de sa petite voix nette et aiguë – ils ne lâchaient pas des yeux la malade qui, à deux reprises au moins, avait failli malmener la petite des griffes et des dents. – C'est au milieu de ce combat, nouée, crispée sur elle-même, la bouche muette et béante, qu'elle rendit l'âme un matin, très tôt, en un hurlement inaudible. C'était en mai, le combat avait duré jusqu'en mai sans désemparer, sans relâcher son corps à corps immobile et sauvage. Des fleurs de pommier éclataient de blancheur humide dans la grisaille froide de l'aube. Le père essuya la sueur du visage de la morte.

Derrière la morte le mur de planches brutes était calfaté avec du varech et des chiffons. Elle gisait maintenant dans le lit soigneusement bordé avec, sur l'oreiller de toile bise, des myosotis cueillis au bord du ruisseau, une couronne de fleurs d'eau, de fleurs de vase. Des myosotis bleus comme des yeux. Contemplant.

Là-dessus on ouvrit la porte aux curieux, ils purent contempler le combat maintenant achevé qui n'avait pas voulu dire son nom, la saleté, la collation plus que modeste qu'on leur offrait. L'odeur humaine montait, dense et renfermée, de ce troupeau noir qui traînait la semelle ; les portes de la salle béaient toutes grandes : le visage où le combat s'était déroulé gisait là, méconnaissable. Le sceau ne pouvait être brisé. – Mais la petite, elle sera jolie ! entendait-on dire. L'odeur humaine, l'odeur compacte. Il se dit alors, bien décidé, qu'après cela personne du dehors ne passerait plus le seuil à moins d'extrême nécessité. Après cela il n'y aurait plus que lui et la petite, seuls, dans leur monde à eux, auquel les gens ne pouvaient rien comprendre (le vieux était là aussi, c'est vrai, mais il se tenait surtout à l'écart, dans un coin).

La perle. La plus fine, la plus blanche.

Qu'elle était blanche !

C'était un lieu sombre pour y élever un enfant, un endroit humide. Les murs y sentaient la terre et la moisissure. Les ormes murmurants frôlaient le toit, dans le verger poussaient des aulnes dont les feuilles étaient plus larges, plus gorgées de sève que partout ailleurs. Le ruisseau s'infiltrait sous les pierres. De l'eau sombre et glissante, toute proche. Oui, sous les pierres, – ce reflet bleu-noir, cette sombre et calme lueur.

Ses paupières ressemblaient à des papillons, ses paupières étaient veinées comme des violettes.

Les aulnes murmuraient, noirs, très hauts. Le ruisseau s'enfonçait sous les ronces – sous les pierres, le ciel, les nuages reflétés dans le calme miroir d'un œil.

Tout alentour n'était que solitude, humidité froide et crue. Le brouillard montait le long du ruisseau, escaladait le verger, le jardin où la sombre silhouette des poiriers surgissait d'une mer laiteuse, le brouillard gagnait la maison ; tout y était humide et cru, solitaire, tout sentait l'automne, la pourriture ; la petite fille jouait toute seule sur le sombre plancher, avec son cheval de bois, les noires silhouettes des arbres se dressaient devant la fenêtre. C'était une enfant qui, bien qu'elle n'eût au monde que son père et son vieux grand-père, préférait garder ses distances même avec eux ; on aurait dit que, n'étant guère que deux – car seuls comptaient, au fond, elle et son père –, le rapprochement eût été trop étroit, trop serré, trop chaud, angoissant – elle se faufilait, elle filait. Et l'on voyait, chose étrange, ce père toujours seul et surchargé de travail, qui aurait dû être content de voir qu'elle se suffisait à elle-même, courir en rond, courir sans répit, descendant même jusqu'au village pour demander, toujours à la recherche d'une enfant de trois ou quatre ans pour laquelle il oubliait son ouvrage, et Dieu sait qu'il en avait par-dessus la tête. Mais il fallait qu'elle soit là, avec lui, il fallait qu'il l'ait sous les yeux ; sinon quelque chose en lui, une inquiétude, se mettait à le tourmenter. Depuis la mort de sa mère il s'était chargé de la petite au point de la garder près de lui même la nuit – ce qui ne devait pas être fameux pour son sommeil car elle avait beau être petite, elle trouvait moyen de prendre toute la place dans le lit, le large lit de ménage – celui des parents, où il était né et qu'il avait pris dans sa chambre – où elle le repoussait tout au bord. Le père avait emménagé dans la petite chambre sous les combles, il aimait mieux cela, il ne recherchait guère la compagnie, il se taisait tout le temps que durait le repas du soir (le seul qu'ils prissent ensemble) sinon qu'il laissait de temps en temps tomber de ses lèvres un mot de la Bible, et cela de plus en plus souvent car il touchait presque à son terme – il était tout blanc maintenant, et comme moisi. Mais Tobit ne pouvait pas s'endormir s'il n'avait pas la petite à son côté, le remède à l'insomnie ne se trouvait que dans la chaleur de ce corps d'enfant, dans sa calme respiration. Car quelqu'un veillait en lui, un veilleur qu'on n'endormait pas sans peine, implacable, de plus en plus – et qui, de plus en plus, prenait tournure, prenait visage, un étrange visage meurtri. L'enfant était le seul remède – la chaleur des frêles membres endormis qui de temps en temps tressaillaient, bougeaient un peu. Mais aussi à son réveil ou à toute heure de la journée quand son regard, soudain, le rencontrait : ce regard qui ne savait rien, liquide comme de la vase ou le bleu de l'eau du ruisseau, c'était comme une obscure réconciliation sans rien savoir, comme une sorte de pardon.

Comme elle était blanche, la perle ! Sa vie à lui n'était qu'une lourde chose obscure où s'enchâssait cette blancheur.

Bien sûr il remarquait qu'on chuchotait – les mines, les regards des gens – quand il arrivait avec la petite fille qui, quoi qu'il fît, n'était tout juste qu'une princesse en haillons : pâle, malpropre, mal fagotée, engoncée dans un tas de vêtements accumulés pour écarter le fantôme de la tuberculose – il ne fallait pas qu'elle prenne froid, ni qu'elle se mette en sueur, c'est pourquoi il ne lui était pas non plus permis de jouer avec d'autres enfants. D'ailleurs cela ne semblait pas lui manquer, c'est à peine si elle savait ce que c'était que ces « autres enfants » qu'elle n'avait jamais vus que de loin, en passant, avec son père. Il savait, sans doute, que dans le pays Tobit et sa fille étaient passés en proverbe : le plus souvent on avait pour eux de la pitié, pour l'un comme pour l'autre – mais on ne pouvait comprendre qu'il ne se fasse pas aider, au moins, s'il ne voulait pas confier la petite à quelqu'un de la famille (le frère de la morte qui s'était établi en se mariant avait des enfants, ils auraient bien pu prendre Toragreta en plus). Il s'en rendait compte. Et la haine commençait à poindre en lui. Ces étrangers. Leurs manigances. Ils arrivaient sur eux. Il voyait des ombres, une sombre mer humaine. Qui allait les encercler. Leur lourde odeur abjecte. Leurs mains tachées, leur haleine fétide, contaminée.

La petite fille se réfugiait souvent auprès de son grand-père sous les combles – il y passait maintenant le plus clair de son temps, il n'avait plus la force d'exécuter que de petits travaux faciles. Il étudiait l'Écriture sainte. Il ne lui demandait rien, il n'attendait rien d'elle. Il avait été. La vie avait été en lui, mais elle n'y était plus. On aurait dit qu'il était lentement absorbé par quelque chose qu'on ne voyait pas, l'homme, le corps visible de l'homme, semblait sans force, ni sang ni os, mou et spongieux, depuis la mort de sa femme – il avait une vilaine couleur d'un blanc grisâtre, vaguement écœurante. L'enfant n'aimait pas son odeur à la fois aigre et douceâtre, elle ne l'approchait guère de tout près et ne voulait pas qu'il la touche – il tentait parfois de l'attirer sur ses genoux mais elle ne voulait rien savoir et il la laissait faire en soupirant, peu lui importait d'ailleurs qu'elle voulût ou non, il était maintenant en dehors de tout cela. Sans cesse il parlait de la grand-mère morte : maintenant qu'elle n'était plus, c'était comme s'il s'apercevait que toute sa vie avait été secrètement cachée en elle, maintenant qu'elle était morte, maintenant que la force dure et muette qu'elle avait eue était tombée, il vivait tout entier en elle ; personnellement il n'était plus qu'un être en train de disparaître. – Parfois il lisait à haute voix pour sa petite-fille.

C'était plus tard, quand elle allait à l'école. Car l'amour est fort comme la mort, lisait-il à son intention. Car – ajoutait le vieillard – il *est* la mort.

Le père n'était pas content de voir sa fille toujours fourrée chez le grand-père, c'était une manière de trahir, de faillir, jugeait-il. Et le vieux était une chiffe, un vieux dégoûtant, Tobit avait mal au cœur à l'idée qu'elle préférait une telle compagnie à la sienne – car c'était indéniable. On aurait dit que ce quelque chose de trouble, de glissant, qu'avait eu la mère réapparaissait dans l'enfant. Elle grandissait : vers l'âge de cinq ans on pouvait déjà se rendre compte qu'elle aurait tout à fait le corps de sa mère, long et fluet. Et elles avaient aussi d'autres points communs. Mais chez l'enfant ces côtés-là avaient indéniablement subi une transformation qui en faisait, sinon une force, du moins une sorte de charme magique – l'indécision était devenue une inconstance dansante, comme un scintillement d'eau, l'inconsistance était comme un miroitement, la pâleur maladive blancheur et clarté.

Mais ce qui en elle, malgré tout, tenait de la mère – on y sentait comme des courants invisibles, une trouble obscurité où dérivaient des épaves –, tout cela devait être combattu. Nettoyé. Purifié.

Quand il s'aperçut de tout cela il commença par veiller à ce que tout fût propre autour d'eux, et même avec un zèle presque exagéré – ce n'était plus trop difficile car elle avait alors six ans, elle ne se salissait plus, elle ne faisait plus guère de désordre. Au contraire, elle l'aidait volontiers à laver le plancher, à mettre tout en ordre. Il cessa de la vêtir de vieilles défroques d'adultes trouvées à la maison ou de vêtements d'enfants usagés qu'on lui passait par charité. La couturière du village prit la commande et il la paya comptant : ainsi la perle fut sertie dans un entourage digne d'elle. Son éclat était particulièrement vif quand elle portait sa robe d'hiver qui était de lainage rouge clair – sa peau luisait comme la neige, ses cheveux comme l'argent, elle animait tout ce rouge comme une flamme infatigable car elle était de celles qui, sans répit, dansent, sautent, voltigent au lieu de marcher. – C'est à cette époque que les gens du pays purent constater que Tobit, qui n'avait pas dit un mot de son plein gré à qui que ce fût depuis la mort de cette vieille femme – sa mère – qui avait toujours été comme une négation de la vie – que Tobit, donc, devenait comme qui dirait causant. Il saluait les gens, il parlait de lui-même à ceux qu'il rencontrait. Il reprit même le chemin de l'église où il n'avait pas mis les pieds depuis le temps où, jeune garçon, il s'y montrait parfois en compagnie de ses parents. On aurait dit qu'il s'épanouissait, qu'il s'extériorisait – son visage avait pris une expression qui laissait voir une certaine beauté au lieu de la dureté, de la raideur habituelles. La cause de tout ceci était bel et bien visible car il la promenait partout avec lui, la main bien serrée dans la sienne – cette petite fille qui sans cesse secouait et tiraillait un peu la main de son père comme pour s'en dégager, comme si elle eût trouvé insupportable d'être tout le temps prisonnière d'un amour aussi lourd d'exigences.

Car il savait ce qu'il voulait faire d'elle, cela se voyait. Il savait ce qu'elle devait faire, comment elle devait être – il la reprenait sans cesse, il passait son temps à lui faire des observations –, elle devait être *comme ça*, et pas autrement.

Mais elle était insaisissable, voltigeante. Et on la voyait pincer les lèvres d'un air assez dur, assez froid, quand son père la réprimandait. Elle semblait gênée d'avoir à porter d'aussi beaux vêtements, plus soignés que ceux des filles de son âge, elle était déguisée comme une petite grande personne, la couturière du village avait ses idées sur l'élégance – les enfants taquinaient la fillette à ce sujet. Elle rougissait, les larmes aux yeux, elle aurait bien voulu tout couper en morceaux, la robe rouge aussi bien que celle qui s'ornait de passementeries et de boutons argentés. C'était un amour plein d'exigences, on aurait dit qu'il portait toujours à faux.

Elle sera toujours avec son père, disait-il à qui voulait l'entendre – lui, le silencieux de toujours. Et maintenant on voyait, cela sautait aux yeux, que la fille de Tobit était une belle petite, comme on en voit peu ; on en tirait déjà des conclusions de mauvais augure, on parlait de vanité, d'enfant gâté, qui pourrait mal tourner, et quand il s'avéra, à l'école, qu'elle était non seulement la plus jolie mais encore celle qui avait le plus de facilités – et avec cela de l'aplomb, du mordant, et l'habitude bien inculquée par son père de garder ses distances avec les autres, de se tenir à l'écart – on eut tout bonnement l'impression qu'elle dominait, qu'elle se sentait supérieure aux autres. Quoi qu'il en fût, la chose était claire, elle n'en faisait qu'à sa tête, elle allait son petit bonhomme de chemin – dansait, fredonnait, regardait de côté, regardait autre chose, pensait à autre chose, restait insaisissable. Et, dans le pays, la pitié n'était plus guère en cours, elle céda la place à tout autre chose.

Pendant ce temps Tobit devint un adorateur de la pureté.

Il vint des nuits, spécialement des nuits d'été, à l'odeur entêtante de fleurs sauvages, à l'odeur verte et blanche de folie, de sueurs froides.

Il fallait qu'il se sauve, ô qu'il se sauve ! Où se refugier ? Nulle part ?

En ces nuits-là la petite fille était l'unique remède – il se levait, entrait dans sa chambre (elle dormait seule maintenant), la prenait tout endormie dans ses bras et la portait à son lit ; elle ne s'éveillait pas ; tout au plus pouvait-on voir la fente de l'œil briller d'un éclat presque inconscient sous les cils un instant soulevés, puis la paupière retombait, elle s'était rendormie. C'était là l'unique remède.

Et ce parfum à en mourir. À en mourir.

Mais il était à son poste. La place où l'on est posté est celle de Dieu. La place où il était était à en mourir.

Ainsi lui vint l'amour de la pureté, de la main qui retranche. Mais ce qui est retranché ?

Celui qui n'en peut plus a une vie pareille à un courant obscur.

Mais celui qui en est capable : ses traits présentent une certaine ressemblance avec la mort. Son visage prend une pureté – oui, une pureté fragile comme le cristal, dure comme le cristal, qu'un son peut briser en morceaux, une pureté mortelle, porteuse de mort.

Une perle, luisante et dure. Les cloisons du cœur se transforment en feuilles pétrifiées – fragiles, brillantes nervures brûlées de gel, brûlées de mort.

Il sentait la pureté le dévorer comme une bête sauvage. Il veillait sur sa fille, comme la mort. Elle était sa perle.

Et elle avait peur de lui, comme de la mort.

C'était un amour beaucoup trop lourd. Étouffant. Irrespirable. Et jamais elle ne pouvait être avec d'autres enfants, il fallait qu'elle soit toujours avec son père. C'était trop lourd. Elle ne pouvait pas, elle savait tout le temps qu'elle ne pouvait pas, que rien n'était juste.

Tobit sentait aussi qu'il y avait là quelque chose qui n'allait pas, quelque chose qu'il désirait plus que tout au monde – dont il avait besoin, à en mourir. Elle ne venait pas à lui de son plein gré. De moins en moins, au fur et à mesure qu'elle grandissait. Elle l'évitait même. Certes, elle lui obéissait. Quand il lui disait de faire quelque chose. Mais quand il ne disait rien, elle s'éclipsait en un clin d'œil.

Et de plus en plus souvent elle était partie – disparue.

Bien sûr il comprenait que maintenant qu'elle allait avoir onze ans, qu'elle allait à l'école depuis plusieurs années, il ne pouvait plus faire le tour des fermes pour demander si on l'avait vue comme s'il s'agissait d'un bébé échappé : à son âge les enfants étaient déjà de la main-d'œuvre, on lui demanderait pourquoi il ne lui faisait pas sarcler les betteraves, il se couvrirait de ridicule, un point c'est tout. Sur ce point-là elle avait remporté une victoire totale.

À peine tournait-il le dos qu'elle disparaissait.

Comme une flamme dansante. Elle dansait devant ses yeux dans le noir, feu follet. – Il la giflait quand elle rentrait. Mais elle n'était pas une enfant qu'on peut se permettre de frapper ; car aussitôt elle avait l'air de sa mère, cet air penché, glissant, flottant – comme si, sous ses yeux, elle perdait toute consistance. Subitement grise, éteinte. Si pareille à sa mère que c'en était intolérable. Alors Tobit prenait dans ses mains la fine tête de sa fille et relevait son visage vers le sien. Il sentait la fraîcheur de sa peau, la tiédeur de son haleine. Il sentait aussi se bander tous ses muscles : légère, indomptable résistance. Elle était mince comme une feuille, fragile comme le cristal, comme un fil d'argent. Il ne la possédait point. On pouvait la briser – c'était facile. Mais on ne pouvait pas la prendre et l'avoir à soi.

Et son seul salut, et son unique espoir étaient dans cette enfant – en elle était le paradis, la délivrance était là, et là seulement, mais le paradis cxistait-il ?

Elle avait onze ans quand son grand-père mourut. L'effroi alors fondit sur la fillette comme une grande obscurité : comme un tombeau : elle était seule à présent, toute seule dans la maison avec son père.

Tobit était retourné au rivage. Le crépuscule planait comme une fumée sur la mer et sur la grève. Il marchait dans le sable froid et lourd. Le printemps planait comme une fumée sur la mer, irisé, sentant le varech. Il disait : une vie droite, disait-il. Il frissonnait.

Oui, c'était cela le paradis : pouvoir cacher son lourd visage d'adulte tout contre l'innocence d'un visage d'enfant, d'une poitrine d'enfant –, haleine tiède, menus battements du cœur, fraîcheur de la peau –, oui, le paradis ouvrait toutes grandes ses frontières et s'approfondissait dans le lumineux regard d'enfant, large et beau, qui plongeait tout droit en lui, qui le pénétrait, et il n'y avait rien alors qui ne s'ouvrît, et tout reposait cependant, tout baignait dans la douceur ; singulières contrées, lumineuse faiblesse.

Mais déjà le paradis était trahi. Le regard désemparé, plein de lueurs – fuyant, insondable.

Le paradis était trahi, livré, souillé. L'âcre odeur humaine sortait de chaque pore de la peau. Il y avait déjà quelque chose de trouble dans cette enfant de onze ans, son agilité tout animale, ses hanches mouvantes, son rire trop aigu, son regard glissant qui se dérobait.

Eh oui, elle grandissait. On ne pouvait le nier : elle grandissait et se transformait presque à vue d'œil – poussait tout en hauteur, et voilà qu'elle dépassait d'une tête toutes celles de son âge, grande, mince et droite. On voyait à travers sa robe grossir et s'enfler les bouts de ses seins, il ne pouvait pas ne pas voir qu'elle prenait de la poitrine. Pour le reste il ne voulait rien savoir – il ne savait pas comment elle s'en tirait, à qui elle demandait conseil, le cas échéant, il ne voulait rien savoir, il n'avait tout de même pas à se mêler aussi de ces choses-là ? se disait-il. Il ne voulait pas savoir. Cependant il trouva, cachés çà et là dans la maison, des chiffons tachés de sang – il comprit en voyant sa pâleur et son regard absent qu'elle traversait une période de grande angoisse, mais cela le rendait presque content, un peu comme si elle était punie et l'avait bien mérité. L'âcre odeur humaine montait des plis de sa peau : adolescente, traîtresse les signes de l'adolescence se manifestaient en odeur de sang, en pertes de sang, en glandes mammaires douloureuses, elle deviendrait une adulte, une étrangère parmi les autres, un être inconnu à son côté, auquel il avait livré tout ce qui était à lui.

Tobit voulut alors rechercher en elle, pour le protéger, ce qui lui restait de l'enfance, il voulait protéger son enfant contre le monde des adultes, lourd et mauvais, il voulait la protéger contre elle-même : tout était pesant, singulier et difficile à exprimer. Le grand-père était mort, ils déjeunaient et soupaient donc seul à seul, elle et lui – c'était la petite qui leur faisait à manger, elle avait l'âge. Tobit essayait alors de lui raconter une histoire, mais il n'avait pas trop bonne mémoire – d'ailleurs il n'avait guère été gâté en fait de contes, toute son enfance avait été taciturne, raide et austère. Il ne se rappelait plus très bien l'histoire qu'il tentait de lui raconter, tout s'embrouillait, il ne savait plus comment était la fin et il n'était pas de ceux qui savent inventer. D'ailleurs il ne lui avait pas donné l'habitude de ce genre de contes, c'est à peine si elle écoutait. – Ils vécurent donc en silence, le père et la fille, dans un silence tout raide et troublé. Et Tobit ignorait ce que couvrait le silence de sa fille : il y devinait une sorte de haine, de fuite – mais il ne voulait pas y penser, il ne pensait qu'au petit enfant pâle et sale qui avait dormi niché contre son corps, du temps où il avait été son refuge et sa chaleur. Mais son incapacité à trouver les mots justes –, de sorte que tout ce qu'il disait tombait comme une chute de pierres dans la gêne silencieuse, dans le vide de la maison –, était identique au mutisme qui avait baigné son enfance : pour ses parents – pour sa mère surtout – tout ce qui se rapportait au fils était trop lourd pour les mots. Trop informe, trop vulnérable. Mais trop lourd, avant tout. Pour les mots. Les mots glissaient, trop faibles, ils n'avaient pas de prise là-dessus. En particulier les mots qui étaient caresses, contes et jeux – de toute façon ses parents n'étaient pas riches de cette sorte de mots, telle n'avait pas été leur vie, dans ce pays on ne s'en servait guère pour vivre. Ils l'avaient élevé sévèrement, de même qu'il élevait, lui, sa fille avec une sévérité exagérée, il le sentait, il comprenait, mais sur ce point il n'y avait rien à faire, c'était plus fort que lui – tant était féroce et déchirante la faim de pureté qui l'habitait ; il se sentait aussi en quelque sorte obligé – comme sa mère, autrefois, à son égard – de lutter sans cesse pour la tenir à distancc, la seule présence de cette claire enfant aux poses mouvantes qui dansait, inflexible, étrange et troublante – était quelque chose qui l'oppressait. Comme si la vie, au tréfonds de lui-même, allait se briser. C'est pourquoi chaque mot, ou presque, était intolérable. Il fallait faire respecter les limites nécessaires. Sans quoi tout se briserait.

Elle avait maintenant douze ans. Un jour Tobit la vit, telle quelle. Quelque chose en lui se rouvrit alors, une plaie béante : le temps s'était arrêté, rien n'avait changé, tout était là – dans le creux de ces mains frêles il voulait manger la vie comme un pain, son âme, son corps étaient prêts à tout donner, à tout expirer en un souffle. Étrange chose. Qui était-elle ? Il rencontrait alors le regard étranger, le sombre regard enfantin qui plongeait tout droit dans le sien, et tout en lui s'offrait à nu sous ce regard.

Mais c'est là une chose qu'on ne peut accepter, qui dépasse les bornes.

Et il sentit que cette trop intime approche était celle d'un ennemi mortel.

Car elle était une étrangère, sa volonté n'était pas celle de son père, elle cherchait ailleurs, ce n'était pas lui qu'elle cherchait, ce n'était pas lui qu'elle voulait : elle avait déjà ce qu'elle avait – elle l'avait depuis toujours, c'était la première chose qu'on avait pu observer quand elle était petite : elle avait sa volonté. Non pas la volonté de son père ni celle de personne : la sienne. Elle n'était qu'à elle-même. Et elle était trop près de lui, elle le menaçait en tout, elle avait le pouvoir de le ridiculiser aux yeux de tous – elle aurait pu faire de lui un criminel même si elle l'avait voulu, il n'aurait reculé devant rien s'il en eût été ainsi, il aurait pu tout gâcher rien que pour manger dans le creux de sa main, pour un mot lâché, pour un geste. Ce qu'il avait renié était en dehors du temps. Ainsi en était-il – comme depuis toujours. Rien n'était changé, ni guéri, ni refermé. Son être réel vivait dans cette réalité cachée. Il aurait pu jeter au feu de la folie une vie entière de devoir accompli, rien que pour l'ombre de gerçure qui entourait la bouche sèche, un peu trop pâle, de la fillette, rien que pour la veinure de ses pieds nus – elle allait nu-pieds dans la maison – qui transparaissait à travers la peau sale de la cambrure et remontait vers la cheville tendue, brunie par le soleil.

C'est qu'il aurait pu tout donner. Et il sentait que l'enfant était un grand péril, un ennemi. Il se sentait prêt à se rompre. Et une nuit il eut un cauchemar : la fosse aux ordures entourée de verdure poudreuse, voilée de chaux vive, un trou dans la terre (c'était un vieux cabinet effondré), de hautes orties brunies, rongées, poussaient sur la chaux et les pierres. Au fond du trou ébréché, du trou noir, gisait le corps blanc, mou et dénudé de la petite – ses vêtements étaient déchirés, en loques, mais il pouvait se dire tout haut qu'un morceau d'étoffe rouge détrempé avait été sa robe. Du papier journal jauni traînait çà et là. Il s'accroupit à côté d'elle et tint en l'air un de ses bras qui n'était plus qu'un bras articulé comme celui d'une poupée, il en sortait du froid, un vieux froid croupissant. La bouche était entrouverte, blanche, avec un reflet de perle – les cheveux avaient un sinistre éclat luisant et vivant comme s'ils allaient prendre racine dans la pierre et dans le fumier. Il lâcha le bras dont le froid de glace le brûlait. C'était vrai, jamais plus il ne serait chaud. Tout à coup il se retrouva courant sur le chemin grisâtre, ses pieds battaient la terre, la poussière blanche et corrosive couvrait la verdure comme une taie, son cœur battait à coups pesants tel un marteau sur l'enclume, à coups atrocement pesants qui allaient le faire éclater, qui allaient faire jaillir le sang. Mais seul le froid étrange se répandait. Se répandait. Et ce rêve était plein d'une affreuse et mortelle volupté.

Il eut grand-peur de ce qui était en lui. C'était une chose intolérable à porter, à esquiver si possible et oublier – une chose qu'on ne peut tolérer de savoir sur son propre compte.

Mais un temps s'écoula, et voilà qu'il n'avait plus peur que de la fillette elle-même. Il lui semblait qu'elle n'était qu'un instrument, mais de quoi ? il n'en savait rien – quelque chose d'effrayant, de déchirant, adhérait à sa personne, aux mouvements de ses hanches. C'étaient d'étroites hanches d'enfant avec cette même soudaineté, cette étrange et souple prestesse de mouvement pour se dresser, pour escalader d'un bond une barrière, qui soudain renverse le cours de la vie, et tout devient alors étrange ; un relent d'effroi montait de toute chose et, avant tout, de cette sèche odeur enfantine qu'avait encore sa peau. Ce n'était pas tout. C'était là un seuil. Là-dessous séjournait un visage, méconnaissable, défiguré, convulsif. Il ne pouvait plus supporter la vue de ce visage, il ne l'avait que trop vu.

Il se dit alors, distinctement, que c'était la ressemblance de la mère qu'il fallait combattre chez l'enfant. Là était le danger. C'était là qu'il fallait faire jouer l'éducation, là qu'il y avait un point malade, qu'il fallait mettre tout en œuvre. Et Tobit se donna beaucoup de peine pour l'éduquer à son image – il s'astreignait à la garder, à la surveiller de son mieux, il finit même par la frapper, par la battre, car il n'était, Dieu sait pas facile de tenir cette petite-là, elle se dérobait, elle était comme absente et à peine tournait-il le dos qu'elle disparaissait aussi matériellement. Partie. Ailleurs, autrement. Autant chercher à saisir l'eau du ruisseau, à s'emparer de son mouvement, à emprisonner dans la main ses reflets et ses murmures. C'était désespérant – si simple et inaccessible, désespérant. Et il sentait avec un morne désespoir que les coups et les gifles s'adressaient à lui-même – une morne volupté, un désespoir de mort, tout en lui-même était fermé, il était enfermé en lui-même, c'était tout.

Et il se tourna vers le dehors, il commença à voir du monde, à faire des affaires, on aurait dit que tout son être s'efforçait de se détourner, de s'écarter de l'intolérable, il s'occupait beaucoup de vente de chevaux de ce temps-là – c'est ainsi qu'il accéda à l'indifférence. Il se rendit compte, et c'était terrible, qu'il avait vieilli ; il avait le pouvoir de se détacher de l'intolérable, il n'était plus uniquement victime ; il pouvait, à son gré, franchir le seuil de l'indifférence, il savait qu'il abandonnait alors celui qu'il était réellement, qu'il n'était plus qu'une apparence, un visage de spectre, que sa vie flottait alors aussi vide que l'épouvantail du cerisier – mais il pouvait le faire, et il le faisait car il était bien obligé. Ainsi il entrait dans l'indifférence où tout était étrangement égal, terre vide, pierre lisse. C'est qu'il n'avait rien d'autre à faire. Il n'avait d'autre choix que l'intolérable, et dans l'intolérable il ne tarderait pas à mourir, il le sentait – tuer et mourir. Il n'avait pas le choix. Il remontait à la surface, à l'indifférence superficielle – c'était comme s'il offrait ses membres à la mutilation.

Ainsi, au fond, la vie était-elle déjà finie, au fond tout était déjà fini.

Mais, tout de même, une sorte de calme, le temps de souffler, de trouver une position où tout ne faisait pas trop mal.

Deux enfants jouaient au bord de l'eau, abrités, du côté du village, par les hauts joncs verts, et bruissants. C'était l'été, le vent fort et doux soufflait à travers les joncs qui formaient autour d'eux comme une grotte de soleil et d'ombre. D'en haut, du côté des terres, ils étaient invisibles, c'était leur cachette, personne d'autre qu'eux n'en avait encore trouvé le chemin – ils avaient l'impression que le sable blanc et tiède qui à cet endroit semblait plus fin, plus doux qu'ailleurs, n'avait jamais été touché par d'autres, que jamais d'autres pieds que les leurs n'avaient imprimé de traces dans cette blancheur moirée par le vent, sous la voûte de joncs. Côté mer le rempart de roseaux s'ouvrait quelque peu – de ce côté venait une chaude odeur de vase, d'eau vaguement saumâtre, de varech décomposé formant des bancs d'un brun rougeâtre où l'on enfonçait jusqu'au genou comme dans de la boue, de varech qui séchait, tout noir et craquant, sur les pierres chaudes à fleur d'eau – la pente était très faible, la mer bleu-vert, crêtée de blanc, commençait à bouger beaucoup plus loin. – La fille avait treize ans, le garçon en avait douze. Ils jouaient à un jeu singulier. Ils jouaient à tout-doux, à chaud-doux – plus chaud que les rayons de soleil, que les fils ténus de chaleur doucement palpitante qui s'éveillaient et s'éteignaient, se réveillaient et se rendormaient dans leur peau, dans les plis de leur peau ou tout juste en dessous. C'était comme des souvenirs qu'on ne peut atteindre, enfouis trop profondément. Quelque chose remontait, tout chaud, tout proche, comme des lèvres, comme des paupières – pour disparaître ensuite comme par enchantement et tout redevenait sommeil et torpeur, la peau s'endormait, devenait insensible, seul le vent murmurait, les joncs bruissaient aussi. Un jeu comme la recherche d'un souvenir. Dire que « ça » existait sous les vêtements, juste là où les doigts touchaient à la fois de l'étoffe et quelque chose de vivant : la peau, la peau nue ! douce, molle, et sans défense, plus abandonnée que tout ce qu'on pouvait imaginer. Et les gens ont pourtant l'air de gens quand ils marchent sur deux pattes, silencieux et renfrognés, et il n'y a rien d'étonnant à cela ; et pourtant il existe tant de choses étonnantes rien que dans le corps, comme s'il était doublé sur l'envers, en dedans, d'une espèce de fleurs chaudes et mouvantes qui poussent là, et tout y est doux, tout tremble et reluit. Et lentement l'entrelacement se resserre : confusion de membres blancs, délicats, moites de sueur, sable dans les plis de la peau, odeur douceâtre et sucrée, engluement, désarroi, douceur. C'était comme de chercher tant qu'on pouvait au fond de la mémoire l'endroit où jaillissaient les flots de la chaleur – par des chemins étranges et détournés, des tourbillons. Mais impossible de bien se rappeler, tout est trop loin dans le passé, soupçon sitôt évanoui. Il ne reste plus que le goût de sueur, que le goût de sel sur les lèvres – et voilà tout d'un coup le soleil tout triste et d'une blancheur éblouissante qui vous assomme, tous les grains de sable scintillants comme du verre acéré. Le corps du garçon gisait immobile, comme terrifié : c'était la fille, c'étaient ses étroites mains hâlées, dures et impatientes qui travaillaient – les lèvres gercées de la fille murmuraient, sans presque remuer – « Je veux, je veux » – très vite, tout d'un trait, avec une sorte de rage – « Je veux, je veux ». Mais le garçon tout effaré ne bougeait plus : cette source profonde en lui qui s'éloignait, il le sentait, cette source lointaine au sombre murmure hystérique, était un trou profond, glissant. Il n'avait encore que douze ans : au-dessus de lui il voyait le visage qu'il aimait plus que tout au monde – soudain crispé, tout différent. Tout au fond des yeux bleu foncé qu'il connaissait bien – mais ces yeux-là, fixes et presque noirs, à qui sont-ils ? La pâle chevelure de la jeune fille pendait comme un voile, comme un rideau qui les enveloppait tous les deux, et dans leur pénombre claire, tiède et haletante, ses yeux étaient noirs et fixes mais il la respirait aussi, chaude, humide et pure, elle, son odeur et sa peau.

La fillette avait donc treize ans et elle était grande pour son âge mais très mince et menue de poitrine. Ses cheveux étaient d'un blond si pâle qu'ils en étaient presque blancs, elle était large de tempes, étroite de pommettes avec de longues joues pâles, une tête étroite sur un long cou mince et haut porté ; sa démarche était droite, légère, rapide ; sa beauté était de ces beautés fragiles, vite défaites et ravagées – mais elle avait treize ans et il y avait encore en elle un éclat qui surpassait tous les autres, quelque chose de délicat, de scintillant, comme une lumière de vive chaleur ou de grand froid, comme un reflet de neige soudain allumé dans sa peau – une lueur qui pouvait être ardeur ou froidure, bonne ou mauvaise, ou l'un et l'autre en un mélange indéfinissable et miroitant. Ses mains aussi étaient bien belles, ses longues et minces et fortes mains de fille, rêches et bronzées, aux ongles tendres et fragiles tachetés de blanc. À l'école elle était la plus belle de toutes, elle aurait pu faire des conquêtes ; même des garçons qui avaient bien plus que son âge n'auraient pas demandé mieux que de l'accompagner jusque chez elle après la classe ; mais elle passait sous leur nez, comme si elle dansait, souple et droite. Seule : jusqu'au jour où elle fit son choix. Il y avait à l'école un garçon qui n'était pas comme tout le monde, il s'appelait Ruben. On disait de lui, tout le temps, qu'il allait être envoyé dans une « maison » – mais s'il n'était pas comme tout le monde cela n'était pas frappant, il était juste sur la limite ; finalement il ne partit pas. À l'école il était là, la maîtresse l'installait dans un coin avec du papier et des crayons de couleur : de toute façon il était incapable de faire autre chose que ces griffonnages puérils ; il était pour ainsi dire condamné à exister sous le toit de l'école jusqu'à ce que son âge, d'après son acte de naissance, ne fût plus celui de la scolarité obligatoire – son âge réel était tout autre chose. Mais les enfants n'étaient pas trop méchants à son égard ; il était placide, bougeait peu, parlait peu, et son langage de bébé ne pouvait vexer personne, il n'était guère irascible ni pleurnicheur – Ruben était Ruben et les autres le laissaient généralement tranquille. Mais un jour il advint que Toragreta, la jolie blonde, fit son choix, et son choix tomba en dehors de tout ce qu'on avait vu ; un jour de petit printemps, après les classes – c'était à la saison fondante de la neige et du gravier, de la houle enflée, grise et verte au loin dans le brouillard humide et bas qui sent le goémon – elle traversa la cour de l'école, marchant tout droit sur Ruben qu'elle prit par la main et remorqua dans l'autre sens ; ils passèrent ainsi le portail. Une haie de visages stupéfiés bordait leur chemin. Ruben se mit à bafouiller ; la maîtresse elle-même les épiait de sa fenêtre – Ruben trébuchait, il avait peur. Mais Toragreta le tenait par la main. Tout cela commença au petit printemps. Les deux enfants passèrent le portail et descendirent vers la mer, vers le port de pêche, ils se perdirent dans le brouillard cru entre les saules qui s'égouttaient.

De ce jour on leur fit la vie dure à l'école – on n'osait pas trop s'en prendre à Toragreta qui savait cogner, elle le défendait de son mieux. Mais quand elle n'y était pas, ou quand elle n'était pas à forces égales, il était leur souffre-douleur ; la rage des dédaignés était sans bornes et Ruben fut frotté à la neige, frotté au gravier, un jour on le força à renifler une souris morte, à boire et à manger ce qui vient de l'intestin et de la vessie – il criait comme une bête. Il ne connaissait plus de répit, en classe il hoquetait et sanglotait sans cesse dans son coin, les yeux rougis et gonflés, toute l'heure de la leçon passait, ou presque, avant que ne se calmât la crise de larmes due aux souffrances endurées pendant la récréation.

Mais l'été était venu. Et la fillette pressait la tête du garçon contre sa poitrine comme un fruit dur et fragile et vivant (les lèvres suceuses bougeaient lentement tout contre elle). Un fruit étonnant, clos et terminé – son monde était à lui une fois pour toutes, et à lui seul, sans communication avec le monde des autres ou du moins pas grand-chose, c'était trouble, incertain, tronqué. Il n'était que lui-même, elle le caressait ; en lui tout était paisible et désarmé, il ne voulait rien d'elle, il était content qu'elle fût là, qu'elle fût elle-même, telle qu'elle était ; il lui touchait les cheveux avec dévotion, ils étaient si chauds, lumineux – c'était elle, et il semblait éternellement étonné de voir que c'était elle la douce chaude lumineuse et, elle aussi les doigts au dur jeu tentateur. Le soleil miroitait dans le regard du garçon comme un reflet de lumière traverse l'eau brune et fangeuse, sans profondeur, entre les touffes de roseaux du rivage, comme la lumière vide et chaude qui flotte toute seule par taches dans l'eau vaseuse et féconde, à peine salée, pleine de bestioles aquatiques et de sable remué – de même qu'un rai de soleil qui traverse une chambre obscure est empli de nuées poussiéreuses qui montent et descendent sans le savoir. Ses yeux étaient sis dans un lourd et lisse visage à la peau blanche, aux lèvres saines ; mais le crâne était trop étroit, il se terminait en pointe, couvert de fins cheveux d'un noir de suie, tandis que le front bas n'était guère qu'une bande étroite entre la lisière des cheveux et les épais sourcils. Ses lèvres fraîches semblaient enflées, trop rouges, trop humides – il les suçotait, de même qu'il se rongeait les ongles, de même que sa grosse patte ronde d'enfant, sans cesse attirée vers le bas, cherchait à envelopper son petit sexe puéril et disproportionné (il était aussi grand que la fillette mais deux fois plus large, avec de gros membres, des rondeurs de tout-petit) – une petite chaleur tranquille bougeait, ondulait lentement dans sa lourde chair lisse et chaude. Du sable chaud s'infiltrait entre tous les membres, du soleil aussi, sans bruit. Lumière, eau, varech, odeurs, tout flambait. (Parfois seulement – c'était comme un faux pas qui vous éveille – elle tombait dans un soudain intervalle de solitude glacée, non, ils ne voulaient pas la même chose, les corps même faisaient peur soudain tant ils étaient différents, chacun pour soi, dans le soleil.)

Oui, il était comme il était.

Mais elle l'avait choisi elle-même, personne n'avait décidé pour elle.

Pour cette fille-là il était très important de décider soi-même, c'était même la seule chose qui importât. Être soi-même et personne d'autre, à personne d'autre.

Voilà comment devait s'effectuer le bon ordre de la vie. Il fallait égaliser et lisser la surface, éduquer et corriger la fillette, la vie suivrait la voie par lui choisie, la juste voie, la seule possible.

Et sa fille devait être faite à son image, taillée à son image comme on taille un jeune arbre – il ne savait que trop bien ce qui la menaçait, à quel désastre on pouvait s'attendre, ce qu'elle tenait des sans-foi-ni-loi, des louches existences de la maison borgne, c'était cela qu'il fallait élaguer ; s'il était venu à bout de la tuberculose (car elle semblait maintenant aussi forte et saine qu'un jeune arbre souple, un osier peut-être), il saurait bien aussi guérir le mal qui rongeait l'âme, l'impureté qui la désagrégeait.

En ces temps-là les coups pleuvaient, il se disait que c'était son devoir, et il n'y avait d'ailleurs rien d'autre à faire, elle était désespérante, tout en elle semblait se dérober, danser et glisser comme glisse la soie, vers le bas, vers sa mère, vers le vague insaisissable et inconstant – et tout le temps il se rendait compte avec le même froid et morne désespoir que les gifles et les coups, et toute son éducation, ne lui faisaient aucun bien ; on aurait dit que tout ce qu'il disait, tout ce qu'il cherchait à lui inculquer, était peine perdue. Comme si lui-même, son existence, était peine perdue pour elle, tout cela lui était bien égal ; qui était-elle en fin de compte ? Si seulement il avait pu tirer un seul mot bien net de cette petite taciturne soyeuse et glissante, de cette fille aux cheveux d'argent. Alors il s'emportait et il la frappait, il voyait la crispation légère de son visage, la tension presque imperceptible des muscles de sa mâchoire, rien ne s'améliorait, au contraire il sentait que le mal, à présent, était presque incurable. Le temps pour ainsi dire au bout de son rouleau. Et il tâtonnait dans une obscurité parfaitement opaque, il ne savait rien, il n'avait pas la moindre idée de ce qu'il devait faire pour ne pas la perdre – elle glissait hors de sa portée.

Il lui semblait aussi maintenant que les gens faisaient une drôle de tête quand il arrivait avec sa fille – et pourtant, à la voir, elle était aussi bien tenue, aussi bien mise que si elle avait eu une mère. Et belle, comme une libellule. Mais les gens qui leur disaient bonjour avaient maintenant un drôle d'air narquois et mauvais. Et quand la petite n'était pas là – ils s'avançaient : et alors, ta fille, ça va ? demandaient-ils en ricanant. En ricanant.

Le fait est que les garçons qu'elle avait dédaignés n'avaient pas tenu secret, loin de là, le choix de Toragreta ; l'histoire n'était pas restée entre écoliers. Ils en parlaient tant et plus en rentrant chez eux et un peu partout, dès que l'occasion s'en présentait.

Tout d'abord les gens n'avaient écouté que d'une oreille : racontars, histoires d'enfants.

Mais tout de même, un simple d'esprit, ça les chiffonnait. Ces choses-là, ça ne se fait pas – non, ce n'est pas dans l'ordre des choses. Ça faisait un drôle d'effet dégoûtant. Qu'est-ce qui lui prenait, à cette gamine, pour qu'elle se mette à jouer avec un simplet ?

Puis on se rappela que la fillette avait déjà treize ans, qu'elle était grande pour son âge, frêle et maigre il est vrai, mais faite. Puis il y eut un rapport fait par des enfants qui avaient vu quelque chose sur la grève – quelque chose qui n'était pas sûr, mais qui pouvait peut-être tout de même être vrai.

Il fallait qu'on la marque. Et lui, Tobit, l'orgueilleux, il serait marqué – en pleine chair.

Lui qui se croyait. Lui qui prenait des airs de supériorité.

La fille qui allait avec un simplet, on allait la marquer. Tout le pays était en effervescence – on discutait sur la manière de présenter la chose, on demandait qui voulait servir de témoin, qui voulait parler au père. On parlait, tant et plus, mais avec tout ça le temps passait – personne n'avait trop envie d'être celui qui devrait parler à Tobit, c'était un homme qui faisait peur, ses traits étaient trop durement marqués, ses yeux trop bleus, sa voix trop mordante, trop coupante, comme une lame de couteau, personne n'avait vraiment envie. En plus de cela il s'avéra que les enfants qui avaient peut-être vu quelque chose qui était peut-être vrai n'étaient qu'un en fin de compte – et ce petit malheureux qui n'avait que huit ans fondit en larmes et en mensonges dès qu'on se mit à l'interroger, on ne pouvait tout de même pas mettre ça sous le nez de Tobit pour lui prouver que la fierté de sa vie était un leurre, un trou fangeux. (La mère, disaient les gens.)

D'ailleurs l'histoire était anormale, un peu trop anormale, c'était presque un cas pour lequel les autorités doivent prendre des mesures – on ne pouvait pas dire ça comme ça.

En tout cas on causait. Et les gens s'arrêtaient près de Tobit quand il venait au village et parlaient aussi fort qu'ils pouvaient, avec toutes les allusions possibles. Et ils ricanaient. Il ne pouvait pas ne pas entendre, ne pas enregistrer.

Et c'est bien vrai qu'il entendait, parfaitement.

Il entendait, oui et non.

Il entendait.

Et il rêva. Et il pleura en rêvant. Il rêvait que l'enfant tournait vers lui son visage blanc, tout sale et affolé, et elle ne voulait pas le lâcher, elle se cramponnait à lui, elle voulait rester avec lui, rien qu'avec lui, et il dut la prendre dans ses bras, elle était toute chaude et éplorée, il la berçait : oui, ma chérie, nous sommes seuls au monde tous les deux, tu es tout ce que j'ai, tu es ma seule chaleur – et il la berçait en chantonnant et tout à coup elle s'était endormie ; sa tête soudain, et tout son corps s'étaient alourdis, tout chauds, à la manière des tout-petits qui tombent comme des pierres dans leur chaud sommeil – mais tout cela était hors d'atteinte, ancien, profondément enfoui, qu'est-ce qu'il cherchait donc ? Quels sentiers empruntait-il ? Tout était perdu – tout était trop lointain, irréel et manqué. – Et il était emprisonné avec un être inconnu.

Et il n'entendait pas. Il n'en pouvait plus.

Mais il entendait.

Et ses lèvres devinrent pâles et dures, exsangues.

Il prit un manche de fouet et descendit au

rivage. C'était une belle journée d'août touchée par l'automne, aux contours nets, la mer était d'un bleu foncé, l'horizon coupé au couteau. Il savait sans aucun doute où chercher, car il arriva tout droit, presque immédiatement, sur la blanche et molle pelote de limaces faite de membres, de corps d'enfants entrelacés sous les roseaux – et eux ils se croyaient, sans aucun doute, magiquement protégés, invisibles.

Après avoir basculé et chassé le débile il releva brusquement sa fille – elle était assise dans le sable où elle traçait des dessins du bout de l'index. Il lui prit le bras. Ils remontèrent par les prés. Les yeux de Tobit avaient pris un ton plus clair, ils étaient devenus clairs comme de l'eau. Ils entrèrent ; il ferma la porte à clef. Il lui tapa dessus avec le manche de fouet jusqu'à ce qu'elle se mît à vomir. Alors il recommença à la frapper. À la fin elle resta étendue par terre, livide, respirant avec peine entre les hoquets, son visage était tuméfié, défiguré.

Il regarda attentivement ce visage meurtri, cet épouvantable visage d'enfant. Ses yeux étaient méconnaissables, comme sous l'effet de la fièvre. La bave et les vomissures lui coulaient encore du coin de la bouche mais elle n'avait plus la force de dégorger, elle hoquetait seulement, grelottait.

Il rouvrit la porte et la traîna dans la cour. Là il la mit debout et la poussa devant lui jusqu'à la cave annexe, creusée sous une butte de terre ; il l'y fit entrer d'une bourrade et donna un tour de clef. Il entendit à travers la porte le bruit sourd et pourtant léger de sa chute – puis quelque chose qui bougeait par terre, de faibles grattements contre la porte, comme d'une petite bête. Après quoi le silence se fit.

Toragreta resta enfermée dans la cave une nuit et un jour. Il lui donna un peu d'eau. Le lendemain au soir il ouvrit la porte. Elle bougeait à peine – il vit seulement la lumière du dehors se refléter dans une rainure entre les cils des yeux tuméfiés. Il la releva et tenta de la faire tenir debout, mais elle ne tenait pas en équilibre, elle retomba en avant en marmonnant quelque chose d'incompréhensible. Il la tenait par les épaules, elle titubait comme un oiseau aux membres rompus. Sa tête penchait sur l'épaule, elle n'ouvrait pas les yeux – ils étaient toujours gonflés, réduits à l'état d'étroites fentes, si bien qu'on ne la reconnaissait plus, elle ressemblait davantage au débile qu'à elle-même et d'ailleurs elle était bien plus affreuse que lui, une épaisse bave blanchâtre lui coulait encore du coin de la bouche. Il la porta dans la maison, la coucha sur son lit, puis il se mit à la laver, à soigner ses plaies. Elle gisait là, affreuse à voir, avec ses étranges yeux gonflés qui n'étaient plus que des rainures – elle geignait quand il la touchait mais elle ne le regardait pas, la fente de ces étranges yeux regardait tout droit dans la chambre.

Elle garda le lit toute une semaine, il la soignait comme un tout petit avec les plus tendres précautions. Mais il n'arriva pas à capter son regard, elle regardait tout droit devant elle sans mot dire, elle ne répondait pas quand il lui parlait – il lui parlait tout doucement, il essayait de se rappeler des chansons. Un de ses anciens petits noms revint aussi sur ses lèvres. Il était assis à son chevet et lui tenait les mains, et il pleurait sur ces mains d'enfant : puis il se rappelait à quelle créature ces mains appartenaient et l'air s'étranglait dans sa gorge, il ne pouvait pas se faire à cette idée. Il lui baisait les doigts les uns après les autres et la contemplait avec un désespoir indescriptible et un grand trouble, et il cherchait à capter son regard – mais tout restait inexplicable, il ne la reconnaissait pas vraiment, elle était une autre, démunie de regard, il pleurait, il chantait comme un fou mais c'était peine perdue, elle continuait à être une autre. Son visage tuméfié, inconnu, sur l'oreiller, semblait vieux ; elle ne répondait pas. Mais son corps qui n'était peut-être pas fort était du moins souple et tenace ; quand son père, une semaine jour pour jour après ce qui s'était passé, entra le matin dans sa chambre, elle n'y était plus – la fenêtre était ouverte, elle était sortie par là. Sa chambre était au rez-de-chaussée mais c'était un tour de force quand on pense à quel point elle était rompue, meurtrie – il comprit aussi qu'elle s'était sauvée dès qu'elle avait pu remuer les membres. Hop là ! tout droit devant elle – elle s'était habillée mais elle n'avait rien emporté.

Il se dit qu'il ne la reverrait plus jamais. Il se demanda vaguement ce qu'il fallait faire, devait-il partir à sa recherche ? Mais il avait la tête vide, il était tout faible, engourdi. Et il ne sentait vraiment rien, rien du tout. Il est difficile de faire quelque chose quand on ne sent rien – quand on ne sent vraiment rien, rien du tout, quand la vie, soudain, est comme absente. Il n'avait pas pensé qu'elle aurait fait ça, qu'elle serait partie tout droit devant elle – ça ne lui était pas venu à l'idée qu'elle pourrait partir, comme ça.

C'était inattendu, singulier. Quelque chose clochait. Il ne s'était pas attendu à ça. Ça ne lui était pas venu à l'idée.

L'après-midi venu, il s'assit lourdement devant la table de la cuisine. Il comprenait que tout était manqué. Mais il ne savait vraiment pas quoi faire pour arranger les choses.

Cependant la fillette rentra à la maison. Le soir, tard – il faisait assez froid et humide dehors, le ciel était criblé d'étoiles – elle était là, sur le seuil, pieds nus, comme elle était partie, elle claquait des dents, elle n'était plus qu'un enfant désemparé, à bout de larmes. Tobit prit la lampe pour éclairer son visage, puis il la posa sur l'armoire – une armoire à linge en bois sombre, fermée à clef, dans le petit vestibule – et la lueur tomba sur elle.

La voilà, la créature de l'autre côté, au-delà, au-dessous du seuil – l'innommable et méconnaissable. La créature des ténèbres, l'être boueux au regard de fange liquide.

Tobit fit savoir à sa fille ce qu'elle valait. Que dorénavant elle ne valait plus rien.

Tout était changé. Elle n'était plus la même. Elle était une autre.

Elle serait traitée en conséquence. Comme on fait son lit on se couche. Tant pis pour elle. Elle aurait ce qu'elle avait mérité.

Là-dessus Tobit reprit la lampe et l'éclaira de nouveau en face. Cette fois non plus il ne put rencontrer son regard. Ce n'était qu'un vague scintillement fuyant. Il vit des larmes couler sur ses joues – mais ce n'étaient que des larmes de fatigue, des pleurs d'épuisement, on aurait dit qu'elle était absente, qu'elle n'entendait pas du tout ce qu'il disait. Qu'elle ne comprenait rien, au fond, aux mots qu'il débitait.

Il répéta alors ce qu'elle avait fait et commis, et pourquoi elle était devenue méconnaissable, semblable à une espèce de rat – pourquoi elle était maintenant en marge de tout, marquée, différente de tout le monde, et cela jusqu'à la fin de ses jours.

Il continua de la sorte jusqu'à ce qu'il fût à court de mots – il n'en avait pas beaucoup, il répétait tout le temps les mêmes. Ses lèvres étaient blanches comme pierre. Puis il lui tourna le dos et rentra dans la cuisine avec la lampe. Il l'entendit se faufiler dans sa chambre. Longtemps après il l'entendit pleurer, mais c'étaient surtout des pleurs de désarroi – des sanglots hagards, à bout de fatigue. Comme si elle ne savait pas, ne comprenait rien – il en serrait les poings de rage, oh ! il lui ferait bien comprendre, il lui ferait bien entrer dans le crâne la douleur furieuse qui le déchirait. Mais il se rendait compte qu'il ne pouvait tout de même plus la battre – il était impuissant, elle lui échappait, de plus en plus loin, de plus en plus autre.

Mais maintenant il la tenait. Elle touchait à la fin de sa scolarité, il ne lui restait plus que quelques mois de cours complémentaire – après quoi elle irait au catéchisme, chez le pasteur, si jamais il osait amener au pasteur un être pareil. Après cela ce serait la fin de l'enfance et le commencement de la vie. Autant qu'il pouvait en juger cette vie pouvait être regardée comme finie avant même d'avoir commencé – on ne lui laisserait jamais prendre place parmi les gens bien, tout ce qu'il pouvait faire était de la garder à la maison et de l'avoir à l'œil pour qu'elle ne trouve pas l'occasion de tout dévoiler, de se montrer telle quelle aux yeux de tous. Il fallait sauver au moins les apparences.

Et les apparences devaient être ainsi sauvées.

À la rentrée des classes Tobit l'accompagna jusqu'au portail de l'école. À la fin de la journée il venait la rechercher. Il ne lui adressait jamais la parole en chemin – il l'accompagnait et il venait la chercher, par tous les temps. Les gens du pays observaient la chose, on disait : ah ! ah ! comme on fait son lit... Mais au bout de quelque temps on se mit à les regarder avec une certaine gêne : la petite était toute changée, elle marchait, lasse et blême, à côté de son père, la lueur dansante d'autrefois l'avait abandonnée, elle avait l'air absent – comme un prisonnier qui a ses pas comptés, et pas un de plus. Oui, c'était vraiment singulier.

C'est qu'elle était prisonnière en effet. Le soir elle était enfermée, le matin on lui ouvrait. Elle ne pouvait pas, seule, dépasser la cour de la ferme ; dans ce cas son père l'accompagnait. Le manche de fouet était dressé dans un coin de l'entrée. Mais il ne servait plus jamais, c'était inutile. Elle était matée, du moins en apparence.

Quand le temps vint de l'envoyer au catéchisme pour la préparer à sa confirmation, Tobit se trouva en face d'un difficile cas de conscience : pouvait-il l'y envoyer comme si de rien n'était ? Il résolut la chose en amenant sa fille au pasteur. Il s'agit d'une petite vicieuse, dit le père au prêtre.

Mon enfant, dit plus tard le prêtre. C'était un petit bonhomme gris, marié mais sans enfants. Mon petit, regrettes-tu ton péché ?

À cela la fillette ne répondit rien : elle se contenta de hausser un tout petit peu les épaules – comme si elle avait froid. Il vit que son visage était lisse et finement éclos comme la peau d'une églantine blanche. Mais indifférent, c'était un instant de beauté qui ne respirait pas, qui ne se transformait pas, qui bientôt allait arriver à terme – bientôt la dégradation atteindrait aussi cette peau limpide, ces fines membrures, et ce dos allait se courber, cette peau flétrir pour témoigner que le corps lui aussi avait compris que la vie était passée, finie avant même d'avoir commencé. Elle était debout là, toute belle et blanche – plus belle qu'elle ne l'avait jamais été – mais pour ainsi dire dépourvue de vie, on aurait dit que les mots glissaient sur elle, les mots retombaient, ayant perdu leur sens, les mots de péché et de pardon n'avaient pas de sens pour elle, elle était trop lointaine, revêtue de cette peau blanche et condamnée, de ces membres condamnés. Seuls ses cheveux avaient un doux reflet d'argent, comme s'ils avaient une vie à eux. – C'est ainsi qu'elle s'approcha de l'autel avec les autres, ceux de son âge.

Après cela Tobit lui accorda un peu plus de liberté ; il lui permit d'aller au village, faire des courses – il l'attendait, la montre en main, jusqu'à son retour. Mais il ne l'épiait plus si elle sortait du champ de sa vue, derrière le jardin ou dans le verger – elle allait aussi chercher les vaches aux champs, le travail de l'étable était désormais le sien. Elle n'était pas forte, mais elle était endurante, elle avait de fins muscles durs – elle pouvait travailler et elle travailla. Ainsi on bavardait moins. D'ailleurs c'est à peine si quelques mots s'échangeaient entre le père et la fille. – Tobit se demandait parfois combien de temps cela pourrait durer, est-ce que toute la vie continuerait de la sorte, était-ce là la vie, telle qu'elle était devenue ? C'était une sorte de mauvais rêve, pauvre et monotone. Grisâtre, malodorant. La fille portait de vieux vêtements de travail laissés par sa grand-mère, il fallait maintenant qu'elle use les nippes qu'on pouvait trouver à la maison – plus de couturière, c'était fini. Sa voix était vulgaire et criarde, désagréable, quand elle engueulait les vaches – on entendait de loin, du chemin, cette vilaine voix perçante dans l'étable. Sur un point aussi elle dégoûtait son père : elle sentait mauvais, une âcre odeur malpropre, une odeur de femme, en tout cas elle ressemblait, maintenant, énormément à sa mère – elle lui ressemblait insupportablement avec la démarche voûtée, penchée, qu'elle avait prise et qui donnait à tous ses mouvements, comme à ceux de sa mère, quelque chose de glissant, de dérobé. Elle ne regardait jamais quelqu'un en face, son regard glissait, avec une petite lueur, du bleu, du noir de fange. Chose singulière, elle était toujours belle, et même plus belle qu'elle ne l'avait jamais été, et cela ne faisait qu'augmenter, elle avait maintenant dix-sept ans – mais ce n'était plus du tout la même chose, c'était quelque chose d'animal qui brillait le temps d'un éclair, inquiétant, impossible à définir, quelque chose dont elle semblait elle-même absente, le bleu, le noir fangeux de l'œil jetait une brève lueur, ses membres se mouvaient avec une soudaine et sauvage agilité. À cette époque – c'était de nouveau le début de l'été, un mois de juin pluvieux – Tobit rêva de la morte. Bien des années avaient passé. Mais elle est là, la revoilà dans l'aube à peine perceptible, le temps s'était arrêté, rien n'avait changé – c'était au lever du soleil, dans la lueur cuivrée du petit jour humide incendié par le soleil qui forçait, comme une naissance, la nuit pluvieuse. Pesant sur ses épaules. Plus lourd, toujours plus lourd. Presque pas moyen de se maintenir debout – ce rêve semblait lutter contre un fort courant, toujours plus rapide ; des crinières ondulantes d'herbes aquatiques peignaient l'eau tiède, violente et cuivrée. Des lueurs, des couleurs de feu flottaient sur l'eau fugace et nue sous la lumière d'aube pluvieuse. Dans l'eau jusqu'à la ceinture. Le poids sauvage du courant contre les jambes et le ventre. – La lumière de cuivre, chaude et mouillée – après la pluie nocturne elle annonçait la pluie du matin gris et vide. Leurs visages étaient sombres comme s'ils brûlaient dans cette impure flambée de soleil. Le silence était encore total, seul le bruit de leurs haleines était perceptible. Et le faible murmure, la succion de l'eau sous la berge. Pas un oiseau dans les arbres gris. Leurs mains nouées, immobiles, frissonnaient. C'était lourd comme l'éternité. Au fond, on voyait flotter les sombres chevelures verdâtres de l'eau dans le lourd courant de braise claire.

Et tout était de même que depuis toujours. Rien de changé. Rien d'apaisé.

Il se réveilla et il la haïssait comme on peut haïr une maladie qui suce toute la force de la vie, on aurait dit que toute force, toute vie, toute la vie s'épuisait là, en bas, dans l'invisible – c'est là qu'il avait sa vie véritable, c'est là que sa vie se consumait. Et tout le reste n'était que fumée.

Et c'est de là qu'il sortit, l'accusateur, – remonté d'au-delà du seuil, de la nuit qui suait le sang. Et tout devint accusation.

Et le plus souvent elle n'était qu'une loque, qu'une chose qu'on a écrasée – qui n'est que plus repoussante si ce reste broyé, sali, offre une lueur de beauté, démolie, réduite en miettes et en folie, déclassée et déplacée – si ce reste miroite et brille à travers la crasse et les nuées de mouches, pâle, doux, brûlant comme l'aine d'un animal, l'œil comme un œil d'animal obscurément bleu et liquide. Il sentait que toute sa vie, à la fin, s'en irait en lambeaux. – Si seulement il avait pu être sûr, Dieu sait comment, de la posséder et de décider d'elle, cette féroce envie de prendre et de frapper, d'étrangler, de la sentir périr – tout se serait évanoui comme fumée.

Mais ce genre de signe ne lui était point donné. Le signe était l'incertitude, la mort et l'inconnu. Elle n'était pas de celles qu'on peut avoir.

Tobit vit donc un jour un adolescent ou un jeune homme posté près de la cour. Il avait l'air d'attendre quelqu'un.

Tobit savait qui c'était. C'était le fils de l'institutrice – en hommage à la réforme de l'orthographe suédoise il portait le nom de Läjf, oui, LÄJF[1]. C'était un beau jeune homme – mais sa beauté était d'une espèce peu commune et peu goûtée dans le canton de Ljungby. Il était roux. Mais pas d'un roux normal, c'était une couleur bizarre, irritante, qui semblait artificielle bien qu'il l'eût de naissance – il avait les cheveux d'un rouge foncé, rouge marron d'Inde et sang-de-bœuf, lisses et brillants comme de la soie. Il avait aussi la peau fine, et ce n'était certes pas un défaut, mais ça ne semblait pourtant pas normal – une peau transparente et rosée qui lui donnait un air d'enfant délicat bien qu'il fût déjà adulte ; il avait aussi de longs cils d'enfant – c'était, disait-on dans le pays, un trait efféminé qui ne promettait rien de bon. Il n'avait pas non plus d'occupation bien définie, quoiqu'il eût vingt ans passés – il allait à la pêche, et en journées, tantôt ici et

1. Au lieu de LEIF, nom nordique.

tantôt là, distribuait le courrier quand le facteur prenait ses vacances par exemple. Il était de ceux qui ne sont pas bons à grand-chose – de ceux dont on se moque un peu et qui, avec les années, sont de plus en plus tournés en ridicule.

Tobit les vit descendre vers le ruisseau, sa fille et ce type – singulier tout de même, lui vint-il à l'idée, qu'elle tombe toujours sur – cette espèce – sur des anormaux.

Il était aux aguets. Mais il se dit que maintenant il ne voulait plus se mêler de rien, il en avait assez – il rabattit sur lui l'indifférence comme un capuchon et s'y cacha, il voulait s'y cacher pour toujours. Tout ce qu'il aurait voulu c'était de trouver le calme d'une tombe quelque part dans le monde des vivants.

Mais il était bien vivant. Et quelque chose s'éveillait en lui, l'obligeait à se lever, c'était plus fort que lui. Et quelques jours plus tard cela agit en lui, il ne put y résister, et il les suivit – sans bruit, à travers le verger ; il se rendait compte qu'il était à la fois affreux et grotesque, marchant ainsi à pas de velours, comme un chat, pour ne pas faire craquer de brindilles sous ses pieds, ramassé sur lui-même comme pour bondir, les muscles des mâchoires étrangement tendus. – Ils étaient debout sous les aulnes. Il les vit avant d'être vu – il vit sa fille regarder le bon à rien, le regarder en face, sans relâche, comme si elle voulait entrer en lui, et lui, le bon à rien, il la regardait sans relâche au fond des yeux, et il y avait une expression étrangement nue, une expression d'aveugle confiance, dans les yeux clairs et désarmés qui étaient les siens. Une branche, alors, craqua sous le poids de Tobit et ils le virent : tout s'éteignit : ils se tournèrent dans sa direction, étroitement serrés, ils lui firent face comme un mur – deux visages. Ils le voyaient là, sombre comme un gros félin, entre les arbres et les branches et le soleil entre les branches – le soleil luisait tout autour de lui, il était planté au milieu comme une ombre, comme une bête sombre. Et pour lui c'était comme une sueur froide en plein soleil. En pleine lumière un monde étranger était apparu – pour disparaître de nouveau, étranger, trop étranger pour qu'il pût vouloir arriver à comprendre. Il ne le voulait pas non plus. Il sentait que tout valait mieux que de comprendre.

Un monde étranger et vivant. Et disparu. Caché.

Mais qui vivait là. Et il en était exclu.

Il lui sembla que c'était une trahison sans bornes. À lui les ténèbres sans issue. Et elle l'avait laissé là. À lui les ténèbres.

Il vit sur le visage de sa fille que c'était là ce qu'elle voulait. Son choix. Pas celui d'un autre, pas celui du père. Il était différent de ce qu'il aurait voulu pour elle. Elle avait choisi toute seule. Il le vit à son visage qui était blême et semblait étrangement émacié, tendu comme il l'était, avec, sous la peau des joues, le jeu des muscles durement noués ; ses yeux étaient comme des puits insondables – sans doute gisait-elle intérieurement dans la cave, terrée. – Et Tobit prit son parti en un instant : Ah, elle le voulait, eh bien elle l'aurait.

Elle verra bien comment elle a fait son lit – disait en lui la rage de l'évincé – elle verra bien – quelle partie de plaisir...

Tobit parla donc à Läjf d'un ton passablement aimable, sous le dur regard apeuré de la jeune fille – elle tenait le bras du rouquin d'une poigne serrée à blanc qui ne se relâchait pas, comme si elle eût craint de voir son père escamoter Läjf et le faire disparaître en fumée comme s'il n'avait jamais été. Et elle se serait retrouvée là, dans l'immense, dans l'affreuse solitude de plomb qui était un tête-à-tête intérieur avec cet homme qui était à la fois le gendarme et le juge, la mort et la glace, et aussi un étrange péril dont l'ardeur faisait fondre, comme dans un rêve lorsqu'on va être rejoint par l'emprise paralysante.

Mais Tobit ne s'opposait pas. Il n'était pas hostile. Et quelques jours plus tard il conduisit sa fille chez l'institutrice – elle était mariée à un petit cultivateur alcoolique qui lui faisait la vie dure, Läjf était son enfant unique et sa seule consolation – il se mit à parler mariage.

Ainsi fut fait.

Tobit avait deviné juste le jour où il avait vu Läjf posté près de la cour : il était là pour voir quelqu'un. Inutile de le fréquenter longtemps pour comprendre une chose : il voulait voir la jeune fille – tout en lui, toute sa vie attendait et désirait et se tournait vers elle. Il l'attendait comme un enfant attend l'apaisement, la sécurité. Il ne pensait qu'à elle, ne respirait que pour elle – pour tout le reste il ne valait rien, il n'était vraiment pas question de tirer de beaux plans sur l'avenir.

Il tournait le regard vers elle comme s'il s'attendait à ce que toute vie lui fût offerte par ses mains, il avait mis en elle tout son espoir, son espoir était entre ses mains, c'était d'elle que devait venir sa vie.

Car il ne se sentait pas vivant. Il ne savait pour ainsi dire rien de lui-même – car il n'y avait, pour ainsi dire, rien à savoir. Il n'y avait en lui qu'un grand vide froid et incertain – il ne pouvait rien savoir. Et il attendait la vie comme un aliment offert par ces chaudes et fortes mains, fines et belles. – Il avait un père ivrogne – une épave humaine au visage vague et flasque criblé de larges pores grisâtres, surmonté d'une brosse de poils roux, porcins ; les coups pleuvaient quand il était soûl, il criait et frappait comme pour prouver qu'il existait. L'institutrice avait beaucoup pâti, elle arrivait souvent à l'école avec un œil poché. Mais la sensibilité intérieure du fils ne le faisait pas réagir par la fureur, ni même par les larmes ou l'effroi, tout était trop atroce pour une telle réaction, c'eût été un soulagement que de pouvoir crier de colère ou pleurer de peur – il ne ressentait qu'une étrange et grande et lourde impression, si lourde que tout, soudain, disparaissait et qu'il ne restait plus qu'un vide incertain, illimité. Était-ce un refuge ou un exil que ce vide désert, inhabité ? Sans un bruit de voix. Sans un écho du monde des humains. De même qu'il se réfugiait, l'été, quand le père avait ses jours de cuite – tournant tout en rond, sans relâche, dans la cuisine qui sentait l'alcool et le renfermé, pour essayer d'attraper, de happer quelqu'un – tout en haut du grand frêne au seuil de la cour. Là il était caché, aucune voix ne montait jusqu'à lui, seule la vaste ramure murmurait en se balançant – la mer se dessinait aussi, tout au loin. C'était un monde aux reflets verts, une grotte. Et il demeurait dans la grotte des vents, et tout restait immuablement scintillant comme la mer, ondulant comme la mer, mais il n'y avait là aucune trace de vie humaine ni rien de vivant – au-dessus de lui et autour de lui bruissait la grande ramure de l'arbre au vent d'été doux et fort, venu de la mer, un murmure, une chanson monotone, indéfiniment modulée, montait du scintillement vert fait de feuilles et de lumière, tout était imprononçable, tout avait sombré par le fond ; ainsi vivait-il dans une perpétuelle incertitude, il ne savait pas s'il touchait à des ombres lumineuses ou à de la peau vive, la proximité de l'autre se transformait sans cesse et devenait le vide incertain, glissant, de la verte grotte de lumière.

Ils avaient leur cachette au bord du ruisseau, comme une petite maison à eux. Tobit ne venait pas les déranger, bientôt ils seraient mariés et soumis à la loi.

Mais il s'agissait, oh, bien peu, du mariage et de la loi. C'était comme en marge.

C'était un jeu, comme des creux pleins de mystère, rien que pour eux. Tout à fait spécial, uniquement à eux. Terrible et doux au toucher, inaccompli – puis différent, tout différent, de même que l'eau du ruisseau obscurément se transforme et se défait en tourbillons superficiels, en lumière et en murmures semblables à des voix ébauchées. L'odeur gluante du feuillage, la glu d'odeur douce-amère montant des aulnes, des sombres aulnes. Graines. Insectes – emportés par l'eau, dans le miroitement de la surface, collant à la peau cuisante. Dans la lumière brouillée du soleil, dans l'ardeur du soleil pénétrant par tous les pores ils avaient leur demeure. Ils jouaient comme des enfants. Ils jouaient souvent aussi à la maman et à l'enfant, membres impuissants, douceur du toucher, il s'accrochait à elle comme l'enfant à sa mère, la douceur les enveloppait, tout était fermé, inviolé, inaccompli. Et là-dedans ils avaient ce qui était à eux et particulier. C'était leur fragile secret, ils jouaient à un jeu – c'était particulier, et tout autour, entrant, sortant, comme une respiration, comme la salive et les membres mêlés et démêlés en labyrinthe de douceur où courent des battements de cœur d'une éblouissante dureté, comme court une bête effrayée qui ne sait si elle chasse ou si elle fuit, mais qui poursuit sa course haletante, sans rejoindre, jamais rejointe, inaccessible dans la terrible douceur de sa fuite hors d'haleine, plus vite, toujours plus vite. Le murmure du ruisseau aux mille voix douces ou méchantes traversait tout cela, le soleil cuisait, les aulnes suaient, poisseux et sucrés. La chaleur ardait, de grands coups sonnaient dans la tête, entre les tempes, comme si quelques frêles amarres allaient se rompre – ils jouaient, c'était un jeu, un jeu dangereux. Toragreta n'était point sotte, elle comprenait fort bien en quoi leur jeu différait de celui des autres, ce qui le rendait, comment dire, trop spécial, elle comprenait bien que c'était une chose que personne au monde ne pourrait vraiment concevoir. Il fallait qu'elle se défende, qu'elle le défende – toujours sur le qui-vive, sans un instant de relâche qui vous trahit, il fallait qu'elle lutte, qu'elle le défende tout le temps –, des règles toutes spéciales jouaient dans leur cas, c'était ce qu'elle comprenait. Oui, il n'était pas comme tout le monde. Il était tel qu'il était. Mais elle l'avait choisi elle-même, personne n'avait décidé pour elle – c'était son choix, rien que son choix.

Et il avait mis en elle son espérance. Et elle se promit de ne pas y faillir. À la mort. Mais elle ne faillirait pas.

Et on la vit se redresser, c'était un clair début d'été et il lui vint un nouvel éclat, comme du temps de son enfance, une allure droite et dansante, une lueur des joues et des cheveux – la perle s'était remise à briller, blanche et dure, clarté soyeuse. Et elle portait son étroit bassin comme une coupe, vouée à la mort, elle le savait, mais qui contenait une sorte de force, la force de l'élagage et de la taille. Elle ne faillirait pas, elle le savait. – Et quand son père, le matin avant la première publication des bans à l'église de Ljungby, se mit en devoir de lui faire comprendre qu'elle devait être reconnaissante de pouvoir se marier – vu ce qu'elle valait –, qu'elle avait, somme toute, eu une chance inespérée – elle le regarda, et un surprenant sourire, un faible et froid sourire moqueur, lui passa sur le visage : « Oui, oui », dit-elle seulement.

Et les voilà mariés. Pour commencer ils pouvaient jouir quelque temps, à l'école, d'une chambre équipée d'un fourneau et destinée à loger l'institutrice, celle-ci en avait obtenu, non sans peine, l'autorisation. Ce n'était pas pour longtemps, jusqu'à la rentrée des classes seulement.

Quand Tobit rentra chez lui après le mariage de sa fille – il tenait à peine debout, ç'avaient été des noces de peu, mais on n'avait tout de même pas manqué de boisson – il se sentit saisi d'une angoisse telle qu'il n'en avait pas connu de telle de toute sa vie. Il ne savait que faire de sa personne, il ne savait dans quel sens se tourner. C'était une claire soirée de juillet, toute chaude de soleil. Le soleil laissait tomber de longs rayons par la fenêtre. Il se mit à errer dans la maison, de la petite chambre à la grande salle, de la cuisine au grenier. Il s'assit dans la chambrette sous les combles, qui donnait à l'ouest, l'air y était chaud, renfermé, la lumière éblouissante. Le lit était vide, sans literie, à part cela rien n'avait guère changé depuis qu'on avait descendu le corps du père. Il se coucha dans le lit vide, c'était une longue caisse profonde, quatre murs de planches luisantes d'usure fermaient la vue : le lit et toute la maison donnaient l'impression d'être déjà morts. Il gisait là de tout son long, le regard rivé au plafond blanc. Des taches. Il se dit que maintenant son corps était un cercueil. – Puis l'angoisse lui fit poursuivre sa ronde. Il considéra le jasmin au coin de la maison et se demanda si jamais elle avait remarqué à quel point la suavité peut être amère. Il se rappela aussi qu'il l'avait enfermée dans la cave, sous la butte – mais c'était du temps qu'elle était enfant, il y avait si longtemps de cela.

Le présent était un autre temps : celui du déchirement, de la douleur à vif. C'était une nuit – une nuit claire qui sentait le jasmin, le jardin se perdait dans la pénombre translucide –, elle durait depuis des années. Elle se creusait un passage sous le temps, elle était en lui comme une grande plaie étrange, comme s'il n'était plus que cette plaie.

En bas surgissait le visage écrasé, et accusait. Il ne voulait pas le voir. Il ne l'avait que trop vu. Il appela l'indifférence à son secours. Il se mit à clamer de douleur, à réclamer le soulagement, l'abrutissement du sommeil. Mais le sommeil ne vint pas. L'indifférence n'existait point.

Au petit jour il marchait dans le jardin, il passait son visage dans les fleurs de jasmin humides de rosée nocturne – il n'avait pas la force de regarder ce visage, ce visage qui était partout dans la nuit. Et partout en lui-même il ne butait que sur ce visage.

Le jour venu, son visage à lui avait pris un air dur et mort. Il regardait vers le dehors – il ne regardait pas en lui-même, c'était impossible ; il regardait vers le dehors. Vers midi il se rendit au village, entra dans la maison de l'école, frappa à la porte. Quand Toragreta vint ouvrir – Läjf était assis derrière elle, dans la chambre, sur le lit – Tobit entra et dit qu'il avait changé d'avis, qu'ils pouvaient venir s'installer chez lui, ils pourraient toujours compenser le logement par des services.

Toragreta dit à voix basse : Non.

Jamais. Jamais de la vie.

Et elle le regarda droit dans les yeux : quelque chose dans son regard le fit tressaillir comme l'impact d'une balle – puis il sembla que ce regard avait épuisé toute sa réserve de forces, lentement, son visage prit un ton grisâtre, son regard se déroba et elle se mit à bégayer. Puis, rassemblant ce qui lui restait d'énergie, elle le poussa, elle le mit à la porte – car il restait debout, comme pétrifié – et donna un tour de clef, qu'il entendit de l'autre côté.

Puis vint un temps où il n'entendit rien.

L'automne, l'hiver passèrent. C'était comme de n'avoir jamais eu de fille. Le printemps arriva. Mais il restait sans nouvelles.

Il commençait à se rappeler un temps passé, ancien, quand elle était toute petite. Un souvenir par-ci, un souvenir par-là – la petite fille si blonde d'autrefois lui tenait compagnie dans sa solitude, elle le suivait partout, dans la maison, dans l'étable et dans la grange, elle traversait avec lui le verger pour aller chercher les vaches. Une chose en particulier lui revint plusieurs fois en mémoire : elle était debout dans l'herbe, âgée de quatre ans peut-être, sous une de ces hautes touffes d'aconits retournés à l'état sauvage qui poussaient dans le jardin, bleu-noir dans l'herbe verte – elle en détachait des fleurs. Voyant entre ses doigts les capuchons bleu foncé des fleurs, il lui avait dit de les jeter, elles étaient dangereuses, c'était du poison. Alors levant vers lui un grave regard obscur elle avait dit d'un ton plein de mystère : c'est pas dangereux, c'est des *fleurs-à-bonheur.*

Vers la mi-octobre les nuits devinrent très froides – c'était tôt en saison. Un jour il entendit dire – par une conversation qu'il prit en biais pour ainsi dire, car il n'était là que par hasard et ne s'en mêlait pas, mais qui naturellement le visait – qu'ils allaient s'installer dans la maison borgne près de la gare.

Il attendit une semaine, puis deux. Puis il attela le cheval et y alla.

Il n'y était pas retourné depuis cette fois-là. Il y avait vingt ans de cela. La maison semblait peut-être encore un peu plus enfoncée dans le sol, noircie, rapiécée de bouts de planches – mais à part cela elle était aussi en dehors du temps. Il tâtonna un moment – il n'avait guère connu l'intérieur – on l'avait transformé à un moment donné, à ce qu'il voyait, il y avait maintenant un corridor avec des portes, cela ressemblait franchement assez à une maison de rapport. Peut-être payaient-ils aussi un loyer à présent. Mais quand il ouvrit brusquement une porte au bout du corridor, et c'était bien par hasard qu'il avait justement pris cette poignée-là, il tomba tout droit sur eux – ils étaient assis là, tous les deux, dans la chambre, côte à côte sur un lit-coffre – ils ne se regardaient pas. À son entrée, une même expression d'horreur et de détresse se peignit sur leurs deux visages. Lentement, sa fille se leva.

Qu'y avait-il en elle de si changé ?

Certes elle avait beaucoup maigri, ses traits s'étaient usés et elle avait repris sa mauvaise allure flanchante et voûtée, mais ce n'était pas tout. Il y avait autre chose, une immobilité.

Les salutations une fois échangées elle ne le regardait pas, elle regardait Läjf.

Tobit s'était plus ou moins imaginé qu'il la trouverait seule. Il n'avait guère songé à Läjf, à cette victime de l'orthographe qui devait forcément être toujours fourrée là où était sa fille.

Il avait pensé qu'il irait la chercher pour la ramener chez lui, comme on ramène un petit à la maison.

Qu'il allait retrouver la frêle petite fille d'autrefois ; elle serait la paix, la libération, et il pourrait incliner la tête contre elle et guérir de ses insomnies, de tout ce mal incommensurable qui le rongeait – qui grossissait et montait et secouait ses amarres intérieures au point qu'il se sentait tout près de succomber. Contre l'incommensurable. C'était l'enfant qu'avait appelé son désir, rien d'autre ne comptait plus. Il avait pensé qu'il la reprendrait à la maison et que tout serait comme autrefois, ils recommenceraient depuis le commencement – le mauvais rêve s'était dissipé, ils pouvaient repartir du point où commençait ce rêve, il n'avait pas réellement été.

Mais il vit le visage de sa fille et comprit que d'une façon ou d'une autre, il ne savait pas au juste comment – car tout s'était passé si vite, en quelques malheureuses années parties en fumée, disparues, inexistantes, qui ne pouvaient tout de même pas être consignées, portées à son compte, une poignée de rien du tout – le mauvais rêve fugace était devenu sa vie à elle. C'était cette vie-là qu'elle vivait à présent. Tout était consigné, porté à son compte. L'enfant n'était plus. Il y avait là maintenant une vie particulière, une vie d'adulte, qui comptait, qui était réelle. Qui ne lui faisait pas grâce d'une seule minute. Ce n'avait pas été un rêve. Tout avait été bien réel. Les choses dites comme les choses tues. Les rognures retranchées aussi bien que ce qui était reconnu et mis en avant. Vécu et non vécu. Bien réel, tout et tout. La réalité n'en finissait pas.

Et elle n'était point l'enfant qu'elle avait été, cette enfant-là n'existait plus. Il ne pourrait plus jamais revoir cette enfant, l'occasion ne lui serait plus donnée de rouvrir la porte de la cave – elle était fermée à clef de toute éternité une nuit et un jour jusqu'au soir de ce jour-là. L'occasion était perdue. La cave resterait fermée de toute éternité avec, au bas de la porte, de faibles grattements comme d'une petite bête. – Et la femme assise en face de lui, cette femme à l'étrange visage ravagé ne le regardait pas : elle regardait tout le temps du côté de ce Läjf – qui, lui, ne la regardait pas, ni non plus son beau-père, mais qui se tortillait sur place pour tenter de se voir dans le miroir à raser pendu en face du lit, au-dessus de la cuvette, et qui se lissait les cheveux ; une fois la chose faite (comme s'il s'était soulagé d'une irrésistible envie qui lui démangeait dans les doigts) il put se tourner vers eux, d'un drôle d'air gêné, guindé. Il était également fort maigre, ses vêtements étaient rapiécés, mais son visage était aussi beau qu'avant et singulièrement lisse. Ils avaient dû en voir de toutes sortes, mais sur lui ça n'avait pas pris. Ou peut-être avait-il esquivé tous les coups, en les faisant encaisser par quelqu'un d'autre.

Mais Toragreta était marquée – c'était un changement qui glaçait jusqu'aux moelles, qu'on percevait dans chaque mouvement. Quelque chose d'éteint, d'immobile.

Son regard cherchait celui de Läjf. Mais il était comme absent – il se tortillait, étouffait un petit rire nerveux.

Et quand Tobit en vint à exposer le but de sa visite, son offre de cohabitation, il remarqua que, des deux, c'était Läjf qui était le moins mal disposé. Il ne disait rien, car Toragreta avait, pour commencer, laissé la question sans réponse. Mais il avait l'air content, il lança même à la dérobée quelques coups d'œil insistants de son côté.

Somme toute, ils n'avaient pas le choix. La maison borgne était leur dernière station. C'était en 1930, l'année où le chômage montait sur le pays comme une inondation. Pas moyen de trouver du travail. Nulle part. Ils avaient même, à la fin, vécu comme des clochards, frappé à des portes pour quémander un petit quelque chose à manger qu'on leur donnait ou qu'on ne leur donnait pas. Ils ne volaient plus que d'une aile – ils étaient vraiment à bout. Plus rien à tenter, plus rien de possible, tout était fini, bien fini.

Ils n'avaient pas le choix.

Et elle qui avait dit : jamais – voilà qu'elle inclinait lentement la tête. Oui. Elle avait les traits ravagés, la peau tannée, tendue sur les pommettes et les mâchoires, elle avait l'air d'une vieille femme. Mais ce n'était pas tout. Il y avait en elle quelque chose de nouveau, d'étrangement dépourvu d'expression – comme le glacial pressentiment d'une défaite. Comme s'ils étaient pris – et pas moyen de s'en tirer, car le jugement qui les frappait faisait partie de leur personne, s'était intégré à leurs os et à leur chair, à leur sang, et leur chair, leur sang et leurs os se chargeaient de l'exécuter, lentement, il n'y avait pas moyen de s'en tirer, de sortir, ils étaient capturés dès le début déjà.

Son retour eut lieu par un jour de novembre froid et brumeux. Sans que personne le lui eût demandé, Läjf sauta à terre et prit le cheval par la bride pour lui faire passer le portail de la cour, on aurait dit qu'il voulait à tout prix se faire bien voir – d'ailleurs c'était un geste parfaitement inutile, la vieille bête connaissait le chemin par cœur. Mais Läjf manifestait en tout un contentement, un soulagement presque déplacés, comme si enfin tout s'arrangeait selon son désir. Toragreta ne le regardait plus du tout – mais s'il lui arrivait de couler malgré elle un regard de son côté son visage prenait une expression rigide et blessée, c'était comme une trahison de sa part de se montrer aussi content, on aurait pu croire qu'il avait été d'accord pour les vendre contre le gîte et la soupe.

Tobit regardait l'étrangère qui se tenait là, debout dans l'entrée, un maigre baluchon à la main, il contenait tout leur avoir.

Car c'était une étrangère. Ce n'était pas son enfant. Ce retour ne lui apportait aucune sorte de libération. Celle qui était debout là, et qui vivrait dans sa maison sans qu'il puisse la mettre à la porte puisque c'était lui qui leur avait commandé de venir – celle-là, cette étrangère, était une accusation vivante. Il avait fait entrer l'accusateur dans sa maison, un visage accusateur et vivant dont il devrait, chaque jour, repaître son regard. Dans le visage miné, rudoyé, de cette étrangère, chaque trait disait : malheur – c'était ce qu'était devenu son enfant. À s'en repaître chaque jour.

Et cette étrangère le haïssait, cela ne faisait pas l'ombre d'un doute. Cela ne se voyait pas sur son visage, son visage était presque dénué d'expression, mais chaque fibre du corps et des mouvements de cette femme lui disait qu'elle le haïssait de toutes les fibres d'une longue vie inapprochable qu'elle avait vécue avec lui, étroitement, dans sa dépendance, et dont il ignorait tout si ce n'est ceci : inconnu.

Elle lui était si étrangère, si inconnue – inconnue et indifférente –, qu'il aurait pu la prendre pour se satisfaire sans plus de remords que lorsqu'il s'agissait d'une de ces femmes publiques sans nom et sans visage – des vendeuses, des serveuses – qu'il lui arrivait, oh, bien rarement, d'accrocher en ville, à Kristianstad, et de suivre dans leur chambre ; c'était fait à la va-vite, en bien moins d'une heure, après quoi il ne se rappelait plus le visage de la femme, il était comme biffé, et il ne lui arrivait jamais de reconnaître celle qu'il avait eue, d'ailleurs il n'y en avait eu que quelques-unes pendant toutes ces longues années.

Et la haine était perceptible, presque palpable, presque comme si un être doué d'une vie propre avait été présent là, respirant et bougeant, un être fort, vivant, aux actes imprévisibles, qui vivait sa vie dans l'absence des mots, suivant des lois inconnues et cachées mais dont on percevait la force et l'étroite contrainte – de même que des poids invisibles provoquent des soubresauts absurdes et forcés, des fléchissements, des affaissements.

Car, à peine rentrée sous son toit, Toragreta sentit que son père était en elle – comme une image mauvaise, une image d'elle-même. Elle savait bien, mais de très, très loin, que cette image était déformée et ne correspondait pas à la réalité – à ce trouble et vivant mélange de volonté mi-bonne mi-mauvaise, d'actes atroces, de ténèbres et d'amour que son père avait été en réalité. L'obscurité de la cave et l'obscurité dans laquelle son père la prenait, la couchait près de lui, lorsqu'un cauchemar l'avait fait s'éveiller en pleurant, avaient au fond été mélangées, confondues, et comme deux côtés d'une même réalité, de même qu'un visage change d'expression, de même que l'amour est aussi la mort, de l'un, de l'autre. Il s'élevait en elle une image qui retombait partout comme une poussière de chaux. Ce qu'elle voyait ainsi était sa vie menacée par le visage de l'oppresseur, qui était immense et d'un blanc de mort comme la voûte du firmament, et elle ne pouvait s'y soustraire, elle était prise, car ce terrible visage était en elle-même, partout en elle, elle était en quelque sorte devenue ce visage – de même qu'elle sentait dans son corps vivant commencer la mort de sa chair, bois pétrifié d'abord, puis pierre enfin. – Et c'était comme si son père, en elle, prenait le pouvoir. Ses membres, ses pensées obéissaient comme tirés par des ficelles, comme si elle eût été morte, et son corps sans vie commandé par l'image mauvaise se dressait, remuait, tressaillait, s'affaissait.

Elle sentit aussi qu'elle commençait à regarder Läjf comme si c'eût été par les yeux de son père. Elle voyait le raté, le ridicule. Et elle le voyait au supplice sous le regard de son beau-père, fixant le sien d'un air abruti au fond de son assiette par exemple, avec ses cheveux roux plaqués, luisants et graisseux dans les chauds relents de cuisine, sa joliesse faisait un effet vraiment risible – il y avait là un indéniable point faible, quelque chose de morbide, de caché, d'imprécis. On aurait dit qu'il n'était plus du tout lui-même en compagnie de son beau-père – comme si l'expression méprisante du regard de Tobit eût fait sortir de lui un autre homme, une caricature – une image ridicule qui se rengorgeait, qui se caressait de tous ses mouvements, un épouvantail à moineaux. Sur cet être les cheveux rouges étaient bien un signe de dérision, on aurait dit qu'ils étaient teints, le rose du visage semblait être un fard. Il devenait un autre tant il était préoccupé, gêné par cet autre qui frétillait et trottinait avec des gestes obséquieux et soumis, glissait hors de lui et lui échappait ; et tout le temps il sentait sur lui le regard de mépris qui commençait à virer au bleu, au mordant sarcasme à découvert – comme il le haïssait, le bleu aigu de ces yeux-là – il était embroché dessus comme un insecte sur une épingle, et il ne pouvait pas penser à autre chose, toute autre chose disparaissait, il était horriblement gêné et malheureux, il était enfermé dans sa propre dérision et il n'était que cela.

Et elle sentait passer sur son visage la même crispation dégoûtée que celle qui se lisait sur celui de son père quand il approchait Läjf de trop près, on aurait dit que son corps, que son odeur lui inspiraient une insurmontable répulsion – elle sentait qu'elle devenait semblable à lui, que son visage qui, d'abord, avait été à la ressemblance de sa mère prenait maintenant celle de son père, elle lui ressemblait comme un masque mortuaire. Et elle se sentait prise pied à pied – investie et prise comme si une puissance mauvaise l'assiégeait tout en l'insensibilisant ; un à un ses membres vivants lui semblaient devenir des objets morts qui se mouvaient.

Quelque chose, pourtant, combattait en elle, refusait de se rendre et de mourir, luttait pour survivre, sans pouvoir se dire au juste s'il valait mieux vivre ou mourir. Elle ne quittait pas Läjf d'une semelle, cherchant, mendiant son aide – évitant comme un mortel péril les tête-à-tête avec son père. Souvent, quand ils étaient à table tous les trois dans un silence presque absolu, elle avançait furtivement la main et touchait Läjf comme pour s'assurer qu'il était bien là, qu'il n'était pas en train de s'en aller – et ce faible mouvement était comme un lien dont elle eût cherché, tout le temps, à consolider le nœud.

Mais le malheur voulait que Läjf, en présence de son beau-père, devînt quasiment un autre. Et qui plus est : il semblait se faire de plus en plus à cet autre qu'il devenait, cherchant en quelque sorte par des regards et des mines à faire accepter et même agréer par son beau-père celui qu'il était devenu. En tout cas il ne remarquait pas l'attouchement de Toragreta, son attention était ailleurs ou peut-être tout simplement ne voulait-il pas, en présence de son beau-père, reconnaître leur secret, leur jeu qui n'était plus guère que le souvenir de ce à quoi l'on peut jouer ; de porte en porte, de bouchée de pain en bouchée de pain, tout au long d'un hiver qui n'en finissait pas de les ronger, de les miner, le froid avait figé en eux les mouvements. Et ni l'un ni l'autre n'avait la force de les réveiller. Ou bien ils s'y prenaient mal – il n'en sortait qu'une espèce de violence qui meurtrissait, qui aggravait encore l'impuissance.

Et quand Toragreta eut pleinement compris qu'il ne pouvait pas ou ne voulait pas sentir qu'elle le touchait, sa main retomba, comme amputée ; elle comprit que malgré tout elle était toute seule. Comme si en son for intérieur, autour d'elle et en dehors d'elle, tout n'eût été que trahison, comme s'il se fût agi d'une déficience ou d'une maladie incorporée à la vie elle-même, de sorte que plus elle durait plus elle en était alourdie, blêmissante, molle et malade, et elle cédait – elle allait faillir.

Mais en fait ce n'était pas celui qu'il était vraiment – c'était le ridicule personnage, la caricature, qui opérait la trahison.

Et celle qui, en elle, regardait Läjf avec une crispation de dégoût comme on regarde une difformité, celle qui voyait le bon à rien, le ridicule, et ne voulait pas le voir lui-même – ce n'était tout de même pas elle, c'était l'image de pierre qui l'habitait, l'image de mort en laquelle, peu à peu, elle se transformait.

Et le combat en elle se poursuivait avec la vie pour enjeu.

Mais elle savait à quoi s'en tenir sur son propre compte, c'était marqué dans le regard de son père quand il la regardait, il la regardait comme une inconnue, jamais pour lui elle n'avait été enfant – elle voyait dans son regard qu'elle était une étrangère, un déchet ramassé au bord de la route : qu'elle était condamnée, que d'espoir il n'est point.

Elle avait beau être à table avec lui, il ne la voyait pas : elle appartenait à l'obscurité, passé le seuil, le déchet, l'être vautré parmi les chiens. Un de ces êtres qu'il ne voyait pas – que son regard n'avait pas la force d'accueillir et de voir.

Et elle voulait arriver à vouloir la vie du bon à rien, de celui qu'on tournait en ridicule.

Mais ses caresses étaient sans force, de plus en plus on aurait dit qu'il ne les sentait pas – qu'il ne se sentait pas touché. Il s'était détourné d'elle, il fuyait dans cet autre ridicule et maniéré, l'homme au miroir – il se regardait dans la glace, retouchait les crans de sa chevelure – elle n'accédait plus à ce qui, en lui, était seul et nu ; quand la confiance s'était-elle tarie dans ses yeux ? Car elle ne pouvait plus jamais saisir son regard qui plongeait ailleurs, une force insurmontable l'aspirait, le faisait rentrer en lui-même, il était clos et lisse, rien ne laissait de traces sur son visage – il était lisse et joli, trop joli, ridiculement joli et lisse comme un miroir.

Et le père ressemblait à cette masse noire qui, dans un cauchemar, attend patiemment sa proie : maintenant ils n'en peuvent plus, voilà leurs mains qui se relâchent, ça y est, ça se défait – jour et nuit elle sentait sur elle le froid de ce regard étranger, surgi du plus profond d'elle-même et qu'elle ne pouvait esquiver, il était sur elle jour et nuit, il avait pris racine en elle, elle se tordait dans son cercle de lumière acérée comme une frêle petite bête des champs entre les serres du busard.

Le combat durait en elle, parfaitement visible, comme si son visage eût été un miroir de peau et d'os – parfois elle se prenait à sourire comme on respire un grand coup, comme si, soudain dans l'obscurité presque impénétrable de son tourment, elle avait reconnu quelqu'un. Comme une soudaine et bienheureuse libération. Dire que c'était si simple. Si facile. Si proche – en réalité. Mais cela ne durait qu'un instant, ses traits reprenaient aussitôt leur lourde raideur douloureuse – et cet autrement était aussi inaccessible, au-dessus d'elle, que les nuées lumineuses qui peuvent flotter dans le noir du ciel nocturne, au ras des étoiles. Alors elle se vit en rêve au milieu d'une forêt – comment y était-elle venue ? – au milieu de la grande futaie de hêtres, et c'était l'hiver précoce ou l'automne sur son déclin, comme en réalité, des nuages pesants traînaient sur les hautes frondaisons tristes. Où que se portât son regard elle voyait s'aligner des files d'énormes troncs d'un gris lisse, entre lesquelles couraient des chemins à perte de vue, – mais pour peu que l'œil se déplaçât dans un sens ou dans l'autre, les arbres se rejoignaient comme des murs de colonnes vivantes ; elle était prisonnière et ses pieds s'enfonçaient profondément dans l'épais tapis de feuilles d'un brun jaune qui couvrait une masse molle en décomposition. Comment était-elle arrivée là ? Une brume fraîche, humectée de pluie, était en suspens entre les arbres avec une odeur de feuilles mortes, de mousse et d'eau. Elle se tenait près d'un noisetier encore paré de feuilles roussies et regardait le corps inanimé allongé là, le visage sous les branches, les beaux cheveux emmêlés, rouge sombre, rejetés en arrière ; le visage était tourné en l'air mais souillé de glaise et de boue comme s'il était d'abord tombé face contre terre. Les yeux éteints étaient rivés tout droit sur elle, personne n'avait été là pour les fermer. Une bête des bois s'en était prise à l'un des pieds, on aurait dit qu'il avait commencé à couler, à se perdre en terre.

Comment était-elle arrivée là ? Comment était-elle revenue là ? Elle savait bien que c'était elle qui l'avait fait.

Un an, encore un an. Toragreta partait en journées, rentrait tard – elle restait aussi peu que possible avec eux à la maison, c'était à peine si elle prononçait un mot, mais elle aidait à les faire vivre. Elle n'était pas accessible. La vie suivait le cours donné une fois pour toutes, on n'y pouvait rien – et Tobit, pendant ce temps-là, sentait de plus en plus qu'il ne vivait pas – une seule pensée vivait en lui, une faim féroce, il ne savait pas si c'était oui ou non de la haine, mais il ne pouvait plus bouger, il était comme enchaîné, il savait qu'il était devenu un être qui n'était pas à la ressemblance de l'homme, il ne savait pas comment s'en sortir, il attendait, comme enchaîné, dans une obscurité horrible et suffocante.

Et, là-dedans, des membres mouvants.

Pendant ce temps il lui arrivait de prier, de s'adresser à Dieu – à haute voix, à grands cris, sa fille et son gendre pouvaient la nuit entendre la forte clameur brute venant de la chambre du père. Ils avaient pour ainsi dire glissé en dehors du temps, le temps les environnait, muet, obscur comme l'immobilité d'une nuit d'hiver sans fin, rien ne bougeait, rien ne respirait. – Pour le père c'était comme d'être enchaîné. Il se battait contre ses propres membres, il se battait comme un chien. Le temps passait et restait arrêté.

Mais sous l'écorce de haine quelque chose bougeait – imperceptiblement pour commencer, faiblement, comme une plante.

C'était qu'à la longue il était difficile d'en vouloir à Läjf. On aurait dit qu'il ne remarquait pas l'hostilité de Tobit, le dégoût, par exemple, que lui inspiraient son corps et son odeur au point qu'il se crispait à l'approche de son gendre, ou encore le soin qu'il prenait pour éviter, à tout prix, de le toucher. Ce n'était pas chose facile, car Läjf avait dans tous ses mouvements une sorte de câlinerie indécise et tâtonnante, on ne savait pas ce qui le prenait, il pouvait comme un enfant avoir des accès de ce qui semblait être de l'affection – il s'approchait soudain, on aurait dit qu'il allait, comme un enfant, vous étreindre brusquement ou poser sur votre bras une main caressante. Il est vrai que l'élan retombait, que la lumière de son visage redevenait un éclat lisse et froid, désemparé. Mais quelque chose s'était passé en lui, comme un flot de sang monte et retombe – il semblait n'avoir pas remarqué le comportement de Tobit, ou ne pas s'y être arrêté. – Depuis que Toragreta travaillait, Läjf suivait Tobit partout, donnait un coup de main par-ci, par-là, d'une manière qui ressemblait fort à de la prévenance – et il est clair qu'une paire de bras n'était pas de refus, longtemps Tobit avait eu trop à faire. Läjf voulait en toute innocence le contenter, c'était plus qu'évident – Tobit avait beau être désagréable à son égard, il semblait incapable de s'en vexer, et Tobit finit par comprendre que Läjf, ayant grandi avec un père qui n'avait d'autre langage que les coups et les injures, prenait tout ce qui n'était pas insultes et horions purs et simples pour de l'amabilité ; quand il en vint à cette conclusion quelque chose fondit en lui, il avait beau faire, il ne pouvait plus détester le bon à rien autant qu'avant. Il dut enfin s'avouer, bien qu'à contrecœur, que maintenant quelque chose lui aurait tout de même manqué si Läjf n'avait pas été là à le suivre, à tourner autour de lui – il le traitait à peu près comme un veau qui veut vous lécher la main, ou comme un chien qui vous suit partout, une petite tape par-ci, une bouchée par-là.

Mais pour Toragreta c'était irrémédiable. Elle était une étrangère, elle le resta. On pouvait presque dire qu'à présent c'étaient surtout Läjf et Tobit qui faisaient la paire.

Car elle luttait, sous son écorce dure, comme quelqu'un qui se noie. Mais elle n'arrivait pas.

Et voilà que le temps passait.

Et quelque chose prenait tournure en Läjf, devenait soudain criant d'évidence.

Il commença tôt à perdre ses cheveux – à trente-cinq ans, la calvitie du haut de son crâne n'était plus couverte que par quelques mèches savamment agencées. Il en souffrait beaucoup, il enduisait chaque matin l'endroit dégarni de brillantine nutritive, puis il le massait soigneusement. En lisière du front, par contre, sa chevelure était comme avant et encadrait ce qu'il lui restait de joli – la belle surface toujours lisse qui couvrait comme un fard un début de rides flasques. Son visage ressemblait maintenant de bien des façons à celui d'un homme qui s'exhibe en public et qui se fait payer pour se montrer. – Le soir il prenait sa bicyclette et se rendait au village, il flânait autour du kiosque à journaux, souvent il allait au café – il y restait des heures à feuilleter des hebdomadaires, mais il était trop tendu pour pouvoir lire. Le temps passait, il n'était plus de prime jeunesse et c'étaient surtout des jeunes qui venaient au café. Un petit rire étouffé, quelques commentaires saluaient habituellement l'arrivée du raté au visage vaguement flétri, aux cheveux briqués à la brillantine. – Il rentrait au foyer comme un homme dévalisé. Ridicule comme une chiffe. Et il pouvait alors arriver qu'il s'éveillât en pleine nuit comme un enfant pour se tourner vers Toragreta, il voulait de nouveau jouer.

Mais il y avait trop longtemps de cela, d'étranges temps morts s'étaient écoulés.

Le jeu était devenu étrange. C'était un jeu entre d'affreux déguisements.

Et ils voyaient tous les deux, impuissants comme dans un rêve, le spectre ridicule, l'être fardé, le gnome qui voulait tirer de lui sa consistance, se lever, glisser, se séparer de lui-même et agir de son propre chef – le corps de Läjf restait étendu là, impuissant comme une simple apparence, il ne leur appartenait plus, il ne leur servait plus à rien. – Et elle ne pouvait point l'aider. Elle entendait ses propres pleurs qui ne pouvaient rien, c'étaient les pleurs de quelqu'un d'autre. Elle n'en pouvait plus.

Pendant la guerre, au début des années quarante, il redevint facile de trouver du travail vu qu'il y avait beaucoup d'appelés, et Toragreta commença à travailler à la fabrique de persiennes d'Ahus, rentrant tard par le car du soir. C'était un temps de crise, toute la campagne sentait l'acétylène. C'était une lumière d'un blanc verdâtre, dure et coupante, corrosive. Après l'arrivée du dernier car Tobit voyait dans la cuisine tard, le soir, leurs visages éclairés par cette lumière : les visages condamnés.

Et il comprenait et sentait de toute la force de sa vie, celle qu'il avait vécue et celle qu'il n'avait pas vécue, la part retranchée qui gémissait – que la vie consiste à vivre avec son accusateur. Pas autre chose. C'était tout.

Ne pas détourner le regard, ne pas renier le visage de l'accusateur, le visage écrasé, défiguré.

Il avait failli, la chose était faite – depuis longtemps, depuis toujours.

Maintenant c'était après. Vivre avec son accusateur, ne pas fuir la vue du visage humain, du visage d'enfant avili, meurtri, abîmé. Maintenant il reconnaissait le visage de sa fille. Il n'avait jamais changé. Il était un, toujours le même.

Le visage.

Mais ce qui avait été continuait son œuvre comme de son propre mouvement.

La porte s'était refermée, elle avait chu dans les ténèbres, il y avait longtemps de cela.

Läjf allait au café. Il y restait le temps qu'il faut, à feuilleter des journaux, puis il se levait (et ceux qui étaient là faisaient entendre un ricanement étouffé). Tout le monde savait qu'il se rendait alors aux cabinets qui étaient situés à l'extérieur, derrière le café. Il restait alors posté devant leur porte, en se cachant un peu mais pas tout à fait. Il faisait le pied de grue. – Au cas où il y aurait quelque chose à voir. Au cas où il se passerait quelque chose. – Toragreta, sa femme, ne lui adressait plus la parole. Il était pour elle, tout était pour elle, comme une peau rejetée dont la vie a mué. Elle partait dans le noir du petit matin et rentrait par le dernier car. Elle sentait la colle qu'on employait à la fabrique. Son visage avait l'air saigné, desséché. Elle portait un vieux béret. Sa peau était durement tendue aux coins de la bouche et des yeux. Son corps ressemblait à une branche d'arbre si frêle qu'on le devinait plutôt qu'on ne le voyait dans son vieil imperméable usé, d'allure on ne peut plus campagnarde. Son regard était d'un bleu de fondrière, d'un bleu comme si tout faisait mal. Un samedi soir elle ne prit pas l'autocar du retour. Au lieu de cela elle resta assise une heure dans la salle d'attente de la gare – il pleuvait, il ventait, le soir tombait dans la mouillure – après quoi elle prit le train suivant pour Kristianstad. – La nuit était tout à fait tombée pendant qu'elle attendait. Elle voyait sur la vitre du train se refléter son étrange visage sur le fond de la nuit pluvieuse pleine de lamentations du vent.

Toragreta fut observée çà et là en ville. On la vit faire le guet. Mais personne ne lui adressa la parole. Le vent et la pluie empiraient, il n'y avait que peu de monde dehors. Peu après onze heures – elle lut l'heure à l'horloge du clocher – il n'y avait plus personne devant les cinémas. Une heure plus tard, nul ne sortait plus de l'hôtel, tout s'éteignait. – Dehors, la nuit. Alors elle se mit à marcher dans le grand noir pluvieux, traversant la plaine, longeant l'estuaire, le vague reflet de mer au font de l'obscurité – du haut d'un pont de chemin de fer elle entendit un cri profond, dénaturé, encerclant des lèvres folles et fendillées, monter, monter, faire retentir le silence du rivage, l'interminable côte de roseaux vaseux perdus dans le noir, c'était comme d'être écrasée et répandue partout dans les ténèbres, le cri se répercutait de tous côtés, la nuit et le vent criaient et la pluie la frappait au visage. Elle criait, elle hurlait comme un chien en face du noir impénétrable. C'est du haut de ce pont qu'elle finit par sauter.

Quand ils rentrèrent chez eux après avoir identifié le corps – la morte allait bientôt leur arriver dans un cercueil plombé – Läjf s'aperçut que son beau-père avait acheté de l'eau-de-vie. C'était, depuis toutes ces années, la première fois qu'on en voyait à la maison. Tobit se mit à boire dans la salle d'en bas. Il n'offrit rien à son gendre, d'ailleurs il ne lui parlait pas, on aurait dit que, de nouveau, Läjf n'existait pas pour lui. Celui-ci, il est vrai, s'en passait bien car l'odeur de l'eau-de-vie l'écœurait, non pas qu'il eût matériellement mal au cœur mais il éprouvait en la sentant une angoisse qui lui arrachait le corps et l'âme, qui le retournait complètement ; l'odeur suffisait. Il jeta un coup d'œil dans la salle : l'après-midi n'était pas encore très avancé (ils avaient été convoqués à dix heures pour l'identification, après quoi ils étaient rentrés par le premier car sans rien faire d'autre en ville – à cela près que son beau-père avait dû trouver moyen d'acheter l'eau-de-vie et de l'emporter dans la valise dont il s'était muni sans dire pourquoi) : Tobit était attablé le dos à la fenêtre, son gendre ne voyait pas son visage situé dans l'ombre, derrière sa tête et ses épaules, la fade et grise lumière de mars tombait des deux fenêtres ; ce qu'il voyait, au juste, c'était le reflet de cette lumière dans le liquide transparent de la bouteille et dans le verre qui était un verre de table ordinaire. Quelque chose, dans tout cela, le fit se sauver, sortir de la maison en gémissant. Il alla flâner un moment dans le verger, il vit le ruisseau limoneux, écumant, rouler ses tourbillons. Le jeu au bord du ruisseau était mort depuis longtemps : la mort lui avait donné un visage méconnaissable. Tel était le visage de leur secret, sous le jeu mort il y avait ce visage, cet affreux visage. Puis il descendit au bord de la mer. Le ciel était couvert mais de nuages venteux, déchirés, dont les accrocs laissaient de temps en temps passer et tomber sur la mer noire des rayons de soleil douteux et obscurcis. Le vent passait dans les épis desséchés des élymes des sables. Il fit les cent pas le long de la rive, au nord du port de pêche – au sud la côte s'élevait en dunes semblables à des roches de neige, le mal qui le tourmentait, qui le lancinait, n'avait point de visage ; ses cheveux lui collaient au front – il était en nage quoiqu'il n'eût sur le dos que son complet, son complet noir visiblement maculé, dont personne – on le voyait bien – n'avait depuis longtemps eu la force de prendre soin. Il n'avait plus depuis longtemps que la force tout juste de se tenir sur ses jambes – bien sûr, il voulait penser à la morte. Il y avait longtemps qu'elle lui avait glissé des mains, qu'elle s'était évanouie – car c'était comme un être étranger qu'il portait en lui. Comme si un être effrayant, un étranger, se fût nourri de sa vie, prêt à sortir. Il s'alimentait de sa vie et croissait, et se dilatait. C'était d'un monstre contre nature qu'il s'agissait. Comme s'il avait été violé pendant son sommeil et – quoique homme – se fût trouvé enceinte. Et la chose croissait, croissait, horreur inimaginable. Rien ne pouvait l'arrêter. La force aveugle presse et s'acharne. Dire que chaque jour, pouce à pouce, il devenait un autre. Ou peut-être un être qu'il avait toujours été, maintenant que les obstacles tombaient avec l'âge et la peau qui se fait flasque. – Il essayait de résister. Il essayait tant qu'il pouvait. Mais on aurait dit que cette résistance lui coûtait toutes ses forces, toute sa vie, il aurait préféré rester au lit toute la journée, la couverture tirée par-dessus la tête pour s'abriter de cette terrible lumière révélatrice – mais c'eût été là un aveu. Il se levait donc. Mais qu'il était las ! – Tout effort glissait, dérapait sur ce qui surgissait en lui – comme une forme sombre sous l'eau, sous les vagues, un instant visible mais disparue dès que le regard veut se fixer. Et il ne voulait pas. Tiré avec des cordes comme une bête à l'abattoir, entravé, violenté. Il sentait de jour en jour qu'il perdait la maîtrise de lui-même, tout effort fondait entre ses doigts comme un petit rien pourri. On lui prenait le pouvoir. Il glissait, il se transformait. Voilà qu'il était devenu un autre. Il était maintenant l'autre, l'être risible. À qui appartenait cette voix qui criait, criait en rêve, aucun son ne passait ses lèvres, à qui étaient ces mains amollies, impuissantes ? – On le forçait. Ses jambes avançaient d'elles-mêmes, l'effroi le dirigeait : dire qu'*on* pourrait s'éveiller – lever la tête ; de vagues peaux, des mucosités qui vont céder et s'écarter ; raides, implacables, des mouvements l'agitaient de haut en bas et l'instant allait arriver où il aurait beau faire et se tordre pour le cacher, l'autre irait, d'un élan glissant, se faire voir de tous en plein jour, faire voir sa froide et forte tête de reptile.

Läjf était assis sur la rive et grelottait de tous ses membres dans son vieux costume du dimanche élimé, le vent lui mettait du rouge aux pommettes et au bout du nez, mais la couleur véritable de son visage était le blanc de l'épuisement, ses yeux rentraient dans leurs orbites comme si leur regard se fût, tout le temps, tourné vers l'intérieur, vers ce qui s'était éteint – Jésus-Christ ! Dès le début, ou presque, je voulais qu'elle meure, celui qui est en moi le voulait. Et, lui-même, il ne pouvait non plus ressentir autre chose qu'une sorte de soulagement, c'était tout de même comme la cessation d'une incompréhensible et blessante contradiction. Il était vide et léger, il pouvait se mouvoir comme il le voulait. – Mais, chose étrange, il semblait que la réalité, elle aussi, avait cessé. Il était trop léger, trop vide. Maintenant il était tout seul. Le vent pouvait l'emporter sur les vagues comme une miette de varech desséché – le vent, la pluie, la vase pouvaient le prendre, il était inexistant, il n'était qu'un rien qui peut être anéanti. Maintenant l'espoir s'était détaché de ses dernières racines – allait se perdre dans le noir, s'envaser, s'anéantir. – Tard dans la soirée quelques voisins ramenèrent chez lui Läjf qui tremblait comme la feuille et regardait autour de lui d'un air hagard. Tobit était toujours attablé dans la salle, il était ivre à présent, le regard embrumé avec, au milieu, la petite pointe acérée de la pupille – il peut marcher tout seul, dit-il en faisant un geste vers la porte. Il n'offrit à boire à personne. Les voisins se retirèrent mais l'un d'eux, leur plus proche voisin, fit tout de même entrer Läjf et l'aida à se mettre au lit où il s'endormit d'un bloc, à peine la tête posée sur l'oreiller, comme un enfant fourbu, égaré, rentré trop tard.

Cela se passait un lundi – l'enterrement était pour le vendredi. Entre-temps Tobit ne cessa pas de boire, assis dans la salle ou couché dans son lit. Il ne mettait pas un pied dehors – il hélait Läjf quand il était l'heure de traire les vaches. Il jurait, il criait après le bon à rien et le traitait de tous les noms, des plus sordides sobriquets qu'on lui lançait au café – comment Tobit les avait-il donc appris ? Läjf entrait, sortait, pataugeait dans un mauvais rêve : il était revenu – le père était là, il criait, gris, fin soûl, et les injures tombaient comme grêle, les coups étaient en suspens dans l'air. – Mais Tobit ne cognait pas, l'ivresse ne le faisait pas frapper ; d'ailleurs il ne pouvait même pas quitter son siège – il y restait rivé, perdu dans un rêve immobile, dans un rêve de plomb. Et il restait là, rêvant son enfant.

Et il lui arriva encore de sentir les mains du petit enfant lui passer sur le visage, elle lui piquait ses petits doigts entre les lèvres.

Parfois il pensait à la morte, au visage anéanti qu'il avait vu.

La concordance lui échappait. Il ne comprenait pas. Il se tirait les cheveux et se rongeait les ongles, mais non, il ne comprenait pas.

L'accusateur présentait un enfant. Sa tête pendait de côté, c'était un enfant violenté. N'avait-il pas aimé cet enfant comme son propre corps, comment l'amour peut-il ainsi détruire ?

Il buvait, il rêvait son enfant. Mais le mauvais rêve l'avait rattrapé et lui tombait dessus, tout n'était que réalité, opaque, impénétrable réalité. Il laissa aller sa tête contre la table mais tous les pleurs avaient tari. Seul restait ce qui brûlait, l'étouffement et la brûlure. Ô Dieu, dit-il – celle que j'aimais, je l'ai détruite.

Ô Dieu, Dieu des impardonnés – Dieu des perdus, Dieu des très-bas.

Maintenant elle avait fini par l'abandonner tout à fait. À lui les ténèbres.

Tout à coup au milieu des ténèbres étouffantes, peu à peu brouillées, irréelles – où il était assis, lourd et immobile, souffrant comme une bête et cela lui passait sur le corps comme si tout en lui s'écrasait –, il sentit quelque part en lui que la crampe se relâchait. Et il se fit un grand calme. Il pouvait se lever et bouger sans se cogner aux meubles et aux montants de portes. Plus tard il ne put jamais se rappeler quelle nuit c'était. Mais c'était comme si quelqu'un l'avait éveillé. Il se sentait parfaitement lucide et serein comme quand la fièvre vous quitte. Il se leva et marcha. C'était la nuit noire, il n'y avait que peu d'étoiles. Dans le verger le sol était moins sombre que les arbres. Il descendit vers le ruisseau. L'eau glissait calmement sous les pierres, sombre et miroitante dans la faible clarté des étoiles. Les arbres, ces sombres créatures de Dieu, respiraient dans la brume nocturne. Le monde reposait dans la main du libérateur.

Après quoi l'incompréhensible reprit, pis qu'avant, il ne pouvait situer nulle part dans l'ombre oscillante et brouillée ce qui pourtant avait été. L'obscurité impénétrable se referma au-dessus de sa tête. À lui les ténèbres et l'impur.

Ce fut par un jour blanc et brumeux qu'elle fut mise en terre. Juste après l'inhumation, mais avant que la tombe n'ait été comblée, Läjf se retourna vers son beau-père d'un étrange mouvement félin, rapide comme l'éclair, et lui sauta dessus – frappant, frappant à tour de bras mais avec une sorte d'impuissance comme on frappe en rêve, vidé de forces, paralysé, ce qui vient derrière vous et qui va vous rejoindre – mais on est déjà rattrapé, la réalité vous tombe dessus. Tobit, dont la tête douloureuse se ressentait d'avoir tant bu tous ces jours-là – s'il était sobre pour le moment c'était tout juste –, vacilla mais sans tomber ; quoique plus petit de taille que son gendre il était plus musclé, plus trapu. Il saisit les bras de Läjf et les força à s'abaisser – quand il le tint ainsi serré de près, au point de sentir trembler et haleter contre lui tout le corps de l'autre, il le regarda en face. Et il l'étreignit à deux bras comme un enfant – alors

Läjf cacha son visage contre l'épaule de son beau-père et se mit à pleurer doucement.

Ainsi Tobit avait reçu un autre enfant à la place de la fille qu'il avait perdue – un pauvre enfant de malheur, un vieil enfant falot et désemparé. Ils ne se disaient pas grand-chose mais entre eux c'était le calme, la chaleur, pas besoin de mots. – Mais il fallait que Läjf, le soir, aille au café. Comme un pantin mû par des fils, un fil tirait, un membre sautait en l'air. Toute la journée, cela pouvait aller. Mais le soir il lui venait on ne sait quoi d'agité, de saccadé, son regard avait depuis peu pris un éclat perçant, Tobit craignait qu'il ne puisse devenir dangereux – et le soir quand il commençait à se faire tard il se retrouvait sur le chemin du village, descendant parfois presque jusqu'au café, attendant de voir venir Läjf. Puis ils rentraient ensemble sans se dire rien de spécial.

Un an passa, l'hiver vint, la neige. Puis la fonte des neiges. Une tiédeur détrempée. Ce soir-là Tobit avait beaucoup à faire à l'étable, il n'alla pas à la rencontre de Läjf. Il ne pensait pas trop non plus à l'heure qui tournait, en tout cas il n'était pas plus tard qu'à l'ordinaire quand il entendit quelque chose bouger contre la porte, comme un grattement d'ongles. Il tendit l'oreille un moment. Quelqu'un, contre la porte, cherchait à se dresser, puis retombait. Alors il alla ouvrir. – C'était Läjf. Quand la lumière tomba sur son visage il essaya de le cacher dans ses mains – Tobit vit qu'il était tuméfié, strié de sang et de boue. Son pantalon était déchiré, son chandail en lambeaux, il était sale et tout trempé comme si on l'avait roulé dans la neige fangeuse, pleine de sable et de gravier. Tobit le traîna dans la cuisine où il s'affaissa sur un banc, sanglotant à petit bruit d'eau qui bout – il tentait toujours de se cacher le visage dans les mains, comme s'il ne voulait plus jamais se montrer. On aurait dit qu'il avait été déshabillé de vive force, son chandail déchiré laissait voir son dos étroit, meurtri, couvert de bleus. Au bout d'un moment il se mit à pleurer à chaudes larmes. Tobit s'assit à côté de lui et le prit dans ses bras, il resta là un bon moment à le bercer et les pleurs de Läjf finirent par se calmer. Tobit considérait cette face terne et meurtrie, ensanglantée, qui n'était plus un jeune visage. – Quelques jours plus tard on lui fit savoir que si Läjf se montrait au café la correction qu'il avait reçue ne suffirait plus, cette fois la police le saurait.

Läjf garda le lit et Tobit le soignait.

Läjf continua à rester couché, presque tout le temps, le moindre effort le rendait blême de fatigue, il n'osait pas mettre les pieds en dehors de la cour – si quelqu'un se montrait sur le chemin ou venait à la ferme (c'était rare) il allait bien vite se cacher. – Il mourut quelques années plus tard de la tuberculose des reins. De ce jour-là Tobit n'eut plus d'autre pain quotidien que ce qui ne peut être pénétré.

Intérieurement il vivait dans les ténèbres. La porte était fermée à clef de l'extérieur. Inutile d'y frapper, de gratter, elle ne cédait pas. Il était assis dans l'ombre de l'impénétrable.

Il était assis là, parmi ses tombes. Autour de lui s'étendait la plaine vide, sombre et pauvre.

Dieu, disait-il – Dieu des très-bas.

Achevé d'imprimer sur rotative
par l'Imprimerie Darantiere
à Dijon-Quétigny
en février 2008.

Dépôt légal : février 2008
N° d'impression : 28-0122

Imprimé en France